前言

我们总是爱讲,语文是什么?"语"是"汉语";"文"是"文字",是"文学",是"文化"!

从庠、序、太学,到国子监,中国传统的语文教育皆以"文"为主。然而20世纪60年代后,语文课不再采用《汉语》《文学》两本教材,而侧重于汉语,时至今日,语文课本仍然侧重"语"而非"文"。语文教育,有了文学的脉络,语文学习才更成体系;有了文化的渗透,语文学习的内涵才足够饱满。

随着新一轮教育改革的深入,语文已经成为中小学课程体系里最为重要的学科,新的政策也对语文学习提出了更高的要求。语文学习早已不能停留在识字、阅读、交际、写作这样工具性的层面,学生需要对中国优秀传统文化有更深、更广的认识,对优秀古典文学有更加深刻的理解,对中外著名作家和作品有更加广泛的涉猎。总而言之,语文将更加重视对学生文学、文化素养的培育,帮助学生从小搭建合理的阅读结构,养成更加科学的语文学习习惯。这样的语文，才是一个兼具工具性和人文关怀的大语文。

然而让人遗憾的是，图书市场上还没有出现能够切实指导中小学生，尤其是小学生吸收优秀传统文化、搭建合理阅读结构的读物。好在我们这支团队秉承"大语文"这一先进理念，在语文教育改革之路上已经先行了多年。现在，我们终于将多年沉淀的精华凝结成了这一套《乐死人的文学史》系列图书。

这套图书偏向于"文"而非"语"，为孩子们在学习的黄金年龄就搭建起国学启蒙、儿童文学、中外文学史、文学写作的体系，让孩子们学得有趣、学得有效、学得通透。

另外，本书的另一大亮点就是创造性地将二维码技术无缝融合在书中。书中的每一章节都有一个二维码，扫描二维码就能听到语文名师的精彩讲解，讲解内容也正好与本篇内容相关，这样读书就变得更现代、更有趣了。

这套图书包含着我们语文教学、研发团队的心血，是经过反复思考、争论、打磨而成的作品。尽管这样，书中一定还存在许多疏漏和错误，衷心希望读者对这套图书提出批评与建议。

今后我们还会陆续推出更多更丰富的语文读物，相信我们的努力一定会让孩子爱上语文，爱上读书。

主编◎窦昕

一套写给中小学生的文学史

"乐死人"的文学史
魏晋篇

石油工业出版社

《乐死人的文学史》编委会

主　　编　窦　昕

执行主编　张国庆　赵市委

编　　者（以姓氏笔画为序）

王　鹏　白　玲　石青山　伍兵兵

朱雅特　许　龙　杨元美　杨宏业

邵　鑫　赵伯奇　赵芷琪　殷程其

蒋　楠　穆东明　薛理文　魏梦琦

阅读说明

牛人时间轴 再现作家的漫漫人生路，从大文豪的出身家世讲到临终之际。你想知道的名人趣事和八卦，这里应有尽有。

超级访谈 与重量级作家面对面交流，让名家亲自讲述动人的故事。我们耳熟能详的诗篇背后，是一把辛酸泪还是没心没肺的大笑？答案就在《超级访谈》！

特别推荐 《超级访谈》还没看过瘾？《特别推荐》继续由名人为你讲解他的得意之作或者其他大家的千古名篇，揭秘创作背景，透析作品灵魂！

文苑杂谈 深挖作者、作品之外的文学知识。古人怎么取名和字？诗词中曝光率最高的楼阁有哪些？读完《文苑杂谈》，你就是文学常识小百科。

欢乐谷 轻松一刻，用搞笑的四格漫画调侃作家或作品。嘘！千万别笑太大声，不然旁边的人还以为你读书读傻了呢。

七嘴八舌 作家的好朋友怎么评价他？作品中提到的人也有话要说？听大家七嘴八舌聊一聊，从不同的角度了解作家和作品。

知识补丁 "黄巾起义"是一个"姓黄名巾"的人起义吗？"羹"字上面为什么是羊羔的"羔"？知识补丁，专补知识的"破洞"！

目 录

曹　　操　渴望人才的战争狂 / 9

曹　　植　富有才华的自恋狂 / 29

孔　　融　都怪我口才好 / 45

蔡　文　姬　乱世中的才女 / 63

诸　葛　亮　智慧的最佳代言人 / 79

嵇　　康　因为耿直犯死罪 / 95

阮　　籍　永远叫不醒一个装醉的人 / 113

左　　　思　我丑，但我有才 / 129

陶　渊　明　第一个隐居的诗人 / 147

谢　灵　运　爱山爱水不爱做官 / 161

南　朝　思　妇　无药可救的相思病 / 181

木　　　兰　我可是女将军！/ 199

刘　义　庆　魏晋娱乐杂志主编 / 217

干　　　宝　我相信世上真的有鬼 / 235

魏晋文坛

国家乱糟糟,文人却不少

魏晋南北朝,不是一个单独的朝代,而是很多国家和朝代的合称,它代表了一个时期,从东汉灭亡、曹魏建立(220年)开始,到隋朝建立(581年)结束。在这三百多年的时间里,战争几乎就没停止过,除了西晋曾出现过短暂的统一以外,其他时期基本上都是几个国家同时存在的。

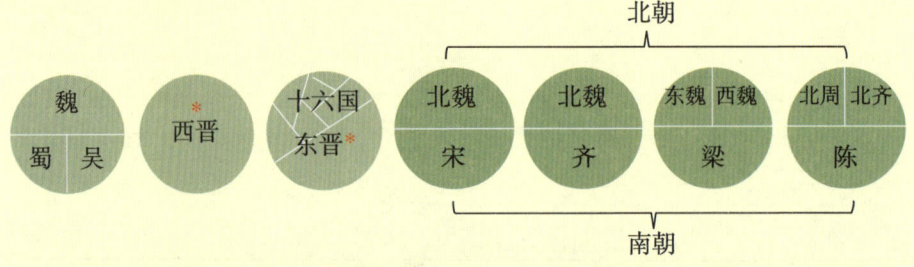

在这段历史时期中,有几件大事深刻地影响着政治格局和文坛景象。

一是东汉末年天下大乱、曹操掌权。

东汉晚期,宦官和外戚轮流掌握大权。这些人不务

魏晋文坛

"正业"(治理国家),专搞"副业"(争权夺利),于是国家变得一团糟,老百姓的日子也一天不如一天。有一年全国大旱,农民收获的粮食都不够吃饭的,但国家竟然还像往年一样征收赋税,这简直是要把农民活活逼死啊。

终于,忍无可忍的农民开始反抗,他们组织了一支起义军。这支队伍中人人头戴黄巾,所以这次起义就被称为"黄巾起义"。这次起义只持续了九个月就被镇压下去了,但紧随它之后的大大小小的农民起义,持续了二十多年,这可给东汉王朝打击得不轻。

到了汉献帝时期,虽然名义上仍然是大汉王朝,但实际的掌权者已经变成了曹操,随后形成了三国鼎立的局面。

曹操不仅是一位政治家、军事家,也是一位文学家,所以他的周围聚集了一批当时很有才华的文人。曹操、曹丕、曹植父子三人和这些文人一起,掀起了中国历史上第一个文人诗歌创作高潮,史称"建安文学"。这些文人中最优秀的七个人组成了当时最出名的"男子偶像天团"——建安七子:孔融、陈琳、王粲、徐干、阮瑀、

应玚、刘桢。

战乱时代,民不聊生,却给文学创作提供了很好的土壤。在战火纷飞中,文人们痛并快乐着,一方面见证了大量的生离死别,一方面又看到了大量建功立业的机会。所以这一时期的作品,既有"对酒当歌,人生几何"的慨叹,又有"老骥伏枥,志在千里"的进取。这时的诗,有诗人最真挚的心、最浓烈的情,没有虚无缥缈、矫揉造作,这种风格被称作"建安风骨",被后世历代诗人所追慕。

二是司马氏篡权,三家归晋。

三国中以魏国实力最强,本来它是最有希望统一全国的。但在魏国灭掉蜀国两年后,魏国的权臣司马氏篡夺了曹氏的皇位,废掉魏朝,建立了晋朝,史称西晋。随后晋又将吴国灭掉,统一了全国。

"忠君"是中国古代非常重要的思想,而司马氏作为魏国的臣子却篡夺了皇位,这就是"不忠"的体现。司马家族非常害怕人们指责他们不忠,于是就在当政期间实行严格的思想统治,一旦发现有人在说他们的坏话,

就抓起来杀掉。所以当时很多读书人都不敢再随便谈论政治,生怕因为说错一句话而丢了性命,就连作诗的时候都不敢表达得太直接,而是将自己真正的情感隐藏在具体事物与田园景色中。

为了躲避政治迫害,这一时期的文人形成了三大爱好:清谈、饮酒、吃五石散。清谈就是当时一些文人选择远离政治的哲学问题来讨论、辩论,比如生与死、动与静之类的话题。有个叫王弼的人,堪称"清谈无敌手",竟然自己跟自己辩论了起来,做完正方做反方,自己跟自己"吵架",还"吵"得不亦乐乎。魏晋时期文人集体爱酒,著名文人团体"竹林七贤"(嵇康、阮籍、山涛、向秀、刘伶、王戎、阮咸)个个是酒鬼。据说刘伶连出门旅游都带好多酒,还让仆人拿着铁锹跟着他,说万一在路上喝死了,直接就在附近挖坑埋了。五石散本来是治疗伤寒的药,当时的名士认为吃这个药可以强身健体,后来人们发现它其实是一种慢性毒药。吃完五石散后,会浑身发热,必须要靠走路才能将热散发出去,当时的人称之为"行散",据说"散步"这个词,就是从这儿来的。吃五石散还会使皮肤变得薄而脆弱,所以名士们都不敢穿紧身衣服,怕弄坏了皮肤。我们后世看到魏晋时期名士的画像,一般都是宽大的衣袍,显得飘逸俊朗,但他们可不是为了好看,而是怕疼。

这一时期盛行的玄言诗、饮酒诗、山水诗、田园诗,跟此时的时代风气密切相关。此时的诗文作品就不像建安时期那样慷慨直率,而是有了更多隐晦的表达。比如嵇康的《赠秀才入军·其九》:"良马既闲,丽服有晖。左揽繁弱,右接忘归。风驰电掣,蹑景追飞。凌厉中原,顾盼生姿。"这首诗表面上是想象哥哥嵇喜从军以后戎马骑射的生活,实际上诗人借此写出了一种纵横驰骋、自由无羁的人生境界,表达了自己内心深处的一种渴望。

三是西晋王族内部的"八王之乱",导致后来的北方游牧民族内迁,进而导致西晋灭亡。

西晋建立以后,没过多久司马家族就发生了内乱,一群叔叔、伯伯、哥哥、弟弟为了争夺皇位打得不可开交。在国家内乱、国力衰微之际,北方的几个少数民族趁机起兵,导致了西晋的灭亡。为了躲避战乱,晋朝皇室和北方的广大人民逃亡到了南方，琅玡王司马睿在建康（今南京）建立了东晋。这就基本形成了南方与北方政权对立的局面。南方，东晋灭亡后，接下来是宋、齐、梁、陈四个朝代；而北方的北魏，分裂为东魏和西魏，后来又分别被北齐和北周取代，这就是历史上的南北朝时期。

南北朝时期最有特色的文学成就就是民歌了。所谓民歌，就是人民唱的歌，找不到具体的作者，和先秦时代的《诗经》类似。由于地理位置不同，风俗习惯不同，南北民歌的风格也就不同。南朝民歌篇幅短小，多以反映男女之情的情歌为主，感情真挚细腻，情调艳丽柔弱，哀怨缠绵；北朝民歌多反映游牧生活和战乱内容，表达北方民族的豪侠尚武精神，直率粗犷，质朴刚健。南北朝民歌以独特的艺术魅力感染和影响了同时期以及后来的文人创作。

曹　操

渴望人才的战争狂

155年—220年，字孟德，一名吉利，小字阿瞒

称　号：武皇帝
籍　贯：沛国谯县（今安徽亳州）
代表作：《短歌行》
　　　　《龟虽寿》
　　　　《观沧海》

牛人时间轴

曹操这辈子

155年 0岁
曹操出生在一个大官僚大地主家庭，是家里的长子，他的父亲曹嵩是中常侍①曹腾的养子。

174年 19岁
曹操被推举为孝廉，到了京都洛阳担任郎官②，不久，被任命为洛阳北部尉③。

178年 23岁
曹操因堂妹夫宋奇被宦官诛杀而受到牵连，被免了官职，没什么事干，就回到自己的家乡谯县。

180年 25岁
曹操又被朝廷召了回来，任命为议郎④。

---

① 中常侍：皇帝近臣，掌管顾问应对，多由宦官担任。
② 郎官：君主身边的侍从。
③ 北部尉：洛阳城北城城尉，管理治安，相当于刑警大队的队长。
④ 议郎：掌管顾问应对。

184年 29岁

黄巾起义[1]爆发,朝廷任命曹操为骑都尉①,他与皇甫嵩等人一起攻打黄巾军,杀了数万人,大胜,被提拔为济南相②。但他不肯迎合权贵,于是假装生病回了家乡,隐居起来。

188年 33岁

皇帝为了巩固自己的皇位,设置了西园八校尉。因为曹操家世好,又被皇帝提拔为八校尉中的典军校尉③。

189年 34岁

汉灵帝去世,董卓掌握了政权。曹操见董卓奸诈,不愿意和他合作,逃出洛阳,到了陈留④,组织起军队,号召天下英雄一起攻打董卓。

---

① 骑都尉:掌管皇帝身边护卫的官吏。
② 济南相:济南郡郡守。
③ 典军校尉:掌管护卫禁军的官吏,大多是皇帝的亲信。
④ 陈留:今河南省开封市陈留镇。

牛人时间轴

192年 37岁
曹操担任兖州牧①，打败了黄巾军，还整顿投降的士兵，组建起青州军。

200年 45岁
官渡之战，曹操派出奇兵，烧了袁绍的粮仓，以少胜多，以弱胜强，打败了袁绍，统一了北方。

208年 53岁
赤壁之战，曹操被孙权刘备联军打败，从华容道撤回江陵。

213年 58岁
曹操被汉献帝册封为魏公，建立魏国，以邺城②为国都，设置丞相、太尉、大将军等百官。

216年 61岁
曹操被汉献帝册封为魏王，这时候，他名义上还是汉代的臣子，实际权力已经相当于皇帝了。

---

① 兖州牧：兖州的最高官吏。兖州是华夏九州之一，大体在今山东西部、河南东北部、河北东南部。牧是指管理人民。
② 邺城：今河北省临漳县，现在是中国八大古都之一。

220年
65岁

曹操打了多年仗,身上有很多伤,生了重病就去世了,谥号是武王。同年十月,他的儿子曹丕取代汉朝建立了魏朝。

超级访谈

我就是想要个人才

杜康

老曹,老曹?你在哪呢?我好不容易来一回,你也不来迎接我?你这人咋这样?老曹?人呢?

曹操

别叫别叫,我来了,怎么啦?

杜康

听说你写了首诗,说只有我能给你解忧,我这不就来看看嘛,看你是怎么写我的。

曹操

没有啊,我的意思是只有酒才能给我解忧,你不是最先酿酒的人吗?我就用你的名字来代指酒了,并不是说你。

杜康

哦,是这么回事儿啊,我还以为你说我呢。怎么了?借酒浇愁呢?出什么事了?

曹操

别提了,最近烦心事儿老多了,就算喝着小酒唱着歌儿也缓解不了啊。这日子过得真快,就像早上的露水一样,一会儿就没了,酒席上激昂

超级访谈

慷慨地唱歌,也还是忘不了心里的愁啊!要想忘了愁,还是只能喝酒啊,你看我这不刚刚才写了首诗:

曹 操

短歌行

对酒当①歌,人生几何②?

譬如朝露,去日苦多③。

慨当以慷④,忧思难忘。

何以解忧?唯有杜康⑤。

杜 康

哟,你最近不打仗改写诗了?这是转了性子了?你到底在愁啥呀?说出来,老哥我看看能不能帮帮你。

---

① 当:应当。

② 几何:多少。

③ 去日苦多:苦于过去的日子太多了。有慨叹人生短暂之意。

④ 慨当以慷:当以,这里是"应当用"的意思。全句意思是,应当用激昂慷慨(的方式来唱歌)。

⑤ 杜康:相传是最早造酒的人,这里代指酒。

超级访谈

曹操

这你可帮不了我，这不现在正在争天下吗，人才稀缺啊，我就想着去哪里找些人才来帮着我打天下呢。我渴望得到人才，一直念叨和思慕着贤能的人，这头发都愁白了。你看远处那小鹿，正在吃野地里的艾蒿，由此，我想到诗经里的句子，唉，要是能找到有才的人，我就要演奏音乐，大宴宾客。所以我又接着写了：

青青子衿，悠悠我心①。
但为君故，沉吟②至今。
呦呦③鹿鸣，食野之苹④。
我有嘉宾，鼓瑟吹笙。

杜康

唉，老兄，你也别愁啊，你这么渴求人才，总会有人来的。

---

① 青青子衿，悠悠我心：出自《诗经·郑风·子衿》。原写姑娘思念情人，这里用来比喻渴望得到有才学的人。
② 沉吟：原指小声叨念和思索，这里指对贤人的思念和倾慕。
③ 呦呦：鹿叫的声音。
④ 苹：艾蒿。

曹操

　　我也知道你说得对啊，可每次想起这事儿，我还是愁啊，尤其是看着明月，就像看着有才能的人一样，我什么时候才能得到呢，真是愁啊。我真盼着那些有才的宾客能够从眼前这田径小路上来看我，和我谈心喝酒，一起述说往日的情谊啊。就像我后面写的：

　　明明如月，何时可掇（duō）①？
　　忧从中来，不可断绝。
　　越陌②度阡（qiān）③，枉用相存④。
　　契阔⑤谈讌（yàn）⑥，心念旧恩。

杜康

　　啊，你这么想要人才啊，对人才这么好，又是宴饮又是唱歌的。要是真能做到这样，一定会有人才来投奔你的。

---

① 掇：拾取，摘取。
② 陌：东西向田间小路。
③ 阡：南北向的小路。
④ 枉用相存：屈尊前来拜访。枉，这里是"枉驾"的意思；用，以。存，问候，思念。
⑤ 契阔："契"是投合，"阔"是疏远，这里偏向于"契"的意思。
⑥ 讌：就是宴，宴饮喝酒。

超级访谈

曹 操

借你吉言!唉,我真是想要得到人才啊,你看这月光明亮星光稀疏,一群乌鹊向南飞去,绕树飞了三圈都没停下,哪里才是它们落脚的地方呢?人才就像这乌鹊一样,真希望他们能落到我这棵树上啊!高山不嫌弃小石块,才能变得更高;大海看得起小溪流,才能变得更广。想到周公当年,吃饭的时候如果有贤能的人来拜访,他来不及把嘴里的东西咽下去,就吐出来不吃了,宁愿饿着肚子去接待贤才。我愿意像周公一样礼待天下贤士,希望天下的英杰都能真心地归顺我。我就用这个愿望来结尾吧:

月明星稀,乌鹊南飞,
绕树三匝(zā)①,何枝可依?
山不厌高,海不厌深。
周公吐哺,天下归心。

杜 康

唉,那看起来我也帮不了你什么,就祝你的心愿早日实现吧!

---

① 匝:周、圈。

我可不服老

哎呀,这几年东征西战的,一不留神,我竟然都五十三了,都这么老了[2],这几天还老有人劝我退休呢!真是的,男人四十一朵花,我这虽然差了点儿,算不上花,那也勉强还算根狗尾巴草吧,怎么可能这么早就退休呢?我的宏图伟业才刚刚起步,还有很多大事等着我去做,怎么着也要把孙权、刘备那俩臭小子给收拾了才行。哼,为了我的千秋大业,我要写首诗,让他们瞧瞧,我还不算老呢!

龟虽寿

神龟①虽寿,犹②有竟时。

腾(téng)蛇乘雾③,终为土灰。

老骥(jì)④伏枥⑤,志在千里。

---

① 神龟:传说中的通灵之龟,能活几千岁。
② 犹:就是"犹",尚且。
③ 腾蛇乘雾:腾蛇是传说中与龙同类的神物,能乘云雾升天。
④ 老骥:指老去的千里马。
⑤ 枥:马槽。

> 烈士⑥暮年，壮心不已。
> 盈缩⑦之期，不但在天；
> 养怡⑧之福，可得永年⑨。
> 幸甚至哉，歌以咏志。

　　虽然神龟的寿命很长，它也有生命终结的时候，就算传说中的腾蛇能够乘雾飞行，它也有死去化为灰土的一天。千里马虽然老了，卧在马棚里，它的雄心壮志还在，还想着要驰骋千里，有远大抱负的人也是一样，虽然到了晚年，还是有着奋发向上的心，不会停止努力。人的寿命长短，并不都是由老天爷决定的，只要自己调养得好，也可以增加寿命，活得久一点儿。我真是幸运啊，活到了这个岁数，还这么有雄心壮志，我就要用这首诗来表达我的志向。

---

① 烈士：有远大抱负的人。
② 盈缩：指人的寿命长短。盈，意思是满，引申为长；缩，意思是亏，引申为短。
③ 养怡：指调养身心，保持身心健康。怡，愉快、和乐。
④ 永年：长寿，活得长。

瞧好吧您嘞,总有一天,我这匹老马还会再次驰骋千里的!

文苑杂谈

谥号：去世之后才有的称号

曹操虽然很厉害，但他到死都没有独立称帝，名义上还是汉朝的臣子，所以他死了以后，汉朝就给了他一个"武"的谥号。那这谥号有什么用呢？谥号一般是帝王、诸侯、高官死了才会有的，是根据这个人生前所做的事儿给的称号，人一生所做的事有好有坏，所以谥号也就分为这么几种情况：

第一种是美谥，就是赞扬死者功德的谥号，这类谥号是最多的，像文、武、庄、成、穆、元、宣、桓、襄、忠、明等，有这些字的都是美谥，比如曹操，他的谥号就是"武王"，赞扬他四处征战立下的功业。再比如汉武帝，他的谥号是"孝武皇帝"，"武"就是赞美他威武强大，睿智而有美德。美谥中还有一些特别高贵的，被称为"特谥"，一般不轻易给人，只有特别优秀杰出的人才能得到这样的谥号。比如"文正""忠武"，"文正"就是说文官文采华美、正直清廉，"忠武"就是说武官忠诚勇敢、武力高强。历史上得到这两个谥号的人特别少。在文官方面，宋代范仲淹的谥号就是"文正"，因为他特别有文采，而且为政清廉、刚直不阿，在皇帝的支持下进行了改革，虽然最后改革失败了，但也在当时产生

了不小的影响,所以皇帝才给了他这个特殊的谥号。因为这个谥号,后来人们都称他为"范文正公","公"就是对男子表示尊重的称号。在武官方面,诸葛亮的谥号就是"忠武侯",岳飞的谥号也是"忠武",都是赞扬他们一生征战、忠诚勇敢。

第二种是恶谥,就是责备死者恶劣行迹的谥号,像幽、厉、灵、炀等都是恶谥,比如"烽火戏诸侯"的西周亡国君主周幽王,就是因为太暴虐才得了"幽"这个谥号,恶名永存了。谥号为"幽",意思就是这个人"暴其民甚",对待民众暴躁凌虐,不得民心。谥号为"厉",意思就是这个人"杀戮无辜",喜欢杀人。比如周幽王的爷爷周厉王暴虐成性,还不让别人议论,他派人在市集上盯着,谁要是敢说他坏话,就立马把谁杀了。因此,后人就把"厉"作为他的谥号。谥号为"灵",那这个人就是使国家"乱而不损",也就是让国家动乱,但是没有使国家灭亡。比如赵武灵王,他是战国时期赵国的君主,在他的领导下,赵国变得非常强大。但是他原来有一个大儿子,是太子,后来他又特别宠爱另一个妃子,就把这个妃子的孩子立成了太子,把原来的太子废了。被废的太子特别不服气,就造反了,赵武灵王也被他困住,饿死了。虽然这次造反最终失败,但还是导致赵国慢慢衰落下去。因为这次造反是赵武灵王改立太

子引起的,因此后人给他谥号为"灵",又因为他武力高强,曾带领赵国变得强大,又给他谥号"武",合在一起,就叫"赵武灵王"了。谥号为"炀",意思就是这个人"好内远礼",也就是昏庸淫乱,不遵守礼仪。比如组织修建了京杭大运河的隋炀帝,最后就被唐高祖李渊给了"炀"这个谥号,批评他生活奢侈,无视礼法。

第三种是平谥,既不是赞扬,也不是批评,就是客观地叙述,或者对死者表示同情,像殇(shāng)、悼、哀、愍(mǐn)、怀等都是平谥。东汉时期有个皇帝叫刘隆,他生下来就当了皇帝,但只当了一年,两岁就死了,所以后来的人就称他为"殇帝",同情他死得早。

七嘴八舌

曹 植

爸爸啊，你不是最喜欢我吗？咋最后让大哥当了皇帝啊？你这可把我给害惨了啊！

啊啊啊！别打了别打了！咱俩还是不是好兄弟啊，你小时候我还带你翻过墙呢，你怎么转头就来打我啊？什么？你弄死我就算了，竟然还杀了我两个儿子，我和你不共戴天！

袁 绍

乌 鹊

武王啊，您行行好成吗？您别老念"月明星稀，乌鹊南飞，绕树三匝，何枝可依"了行吗？这么个破树有什么好绕的，也没个落脚的地方，我头都绕晕了！

扫码看精彩视频

知识补丁

[1] 黄巾起义：东汉末年的农民起义。当时全国大旱，农民粮食很少，但朝廷的赋税却没有减少，农民走投无路，就在张角的带领下起义。他们头上扎着黄色头巾，高喊"苍天已死，黄天当立，岁在甲子，天下大吉"的口号，所以被称为"黄巾起义"。

[2] 这么老了：我国古代因为医疗条件不太好，人的寿命都不长，历代人的平均寿命：夏、商时期不超过18岁，周、秦大约为20岁，汉代22岁，唐代27岁，清代33岁。曹操53岁已经算老年人了。

曹 植

富有才华的自恋狂

192 年—232 年,字子建

称　号:陈思王、陈王、"三曹"之一
籍　贯:沛国谯县(今安徽亳州)
代表作:《洛神赋》
　　　　《白马篇》
　　　　《七哀诗》
　　　　《赠白马王彪》

牛人时间轴

曹植这辈子

192年 0岁　　曹植出生的时候，曹操还没有立足之地，经常各处行军。曹植跟着一起住在军营里。

206年 14岁　　曹植第一次出去打仗，跟随父亲曹操攻打东海海贼。

208年 16岁　　曹植跟随曹操到新野打仗，打败了刘表，后来又跟着去赤壁攻打孙权。

212年 20岁　　曹植跟随曹操平定了西部的叛乱，胜利归来，被封了临淄（zī）[①]侯。

[①] 临淄：今山东省临淄区。

217年 25岁

曹植喝酒喝多了,坐着马车撞开王宫大门,在帝王举行典礼才能行走的大道上驰骋,因此失去了曹操的宠爱。不久后,曹操就将曹植的哥哥曹丕(pī)定为接班人,从此曹植就陷入了人生的低谷。

219年 27岁

曹操在攻打刘备时,命令曹植担任南中郎将①,行征虏将军②,让他带兵去助攻,但曹植却喝醉了未能前去,于是曹操不再重用曹植。

220年 28岁

曹操去世,曹丕当了皇帝,对曹植严加防范,多次改变他的封地,使曹植从贵族公子变成了一个处处受打压限制的对象。

---

① 南中郎将:掌管宫廷护卫的官吏,也常常奉皇帝的命令出使,地位很重要。
② 行征虏将军:征虏将军是古代重要的带兵将领之一。"行"是指兼任。

牛人时间轴

221年 29岁
曹植被封为安乡①侯，当年七月又被改封成鄄（juàn）城②侯。

222年 30岁
曹植又被改封成鄄城王。

223年 31岁
曹植被改封成雍丘③王。

226年 34岁
曹丕去世，曹叡继承皇位，曹植写了很多文章，希望能够被重用，但这愿望却没有实现，他仍然被严加看管限制。

229年 37岁
曹植被改封到东阿④。

232年 40岁
曹植被改封为陈王，当年十一月去世。因为他最后的封地是陈⑤，谥号是"思"，因此又被称为陈王或者陈思王。

---

① 安乡：今河北晋州侯城。
② 鄄城：今山东鄄城县。
③ 雍丘：今河南省杞县。
④ 东阿：今山东东阿县。
⑤ 陈：今河南淮阳县。

我不想被煮熟

豆 子

哎呀哎呀,好烫啊,这是怎么回事?我怎么在锅里了?

唉,真是对不起啊,我哥哥让我在七步以内写出一首诗来,要不然就要杀了我,我没办法,就写了这首诗,你先忍一忍吧。

曹 植

豆 子

咦?诗?什么诗?为什么要写诗?

我父亲以前很喜欢我,想让我继承他的位置,结果我有几件事没办好,惹他生气了,他就选了我大哥当接班人。现在我大哥看我不顺眼,故意为难我,让我走七步写出一首诗,要是写不出来,他就要杀了我。

曹 植

豆 子

啊?怎么有这么狠心的大哥啊?你们不是兄弟吗?

超级访谈

谁说不是呢?想到我们小时候还一起玩,多么开心啊,现在他却要杀了我,真是让我心寒,我就写了这首诗:

曹 植

七步诗

煮豆持作羹(gēng)[1],漉(lù)菽①以为汁。
萁②在釜下然③,豆在釜中泣。
本自同根生,相煎何太急。

豆 子

那你写就写吧,为什么要把我写进去呢?

是这样的,豆子本来长在豆萁上,但是现在豆子被摘下来要做成粥,豆萁也被晒干了做柴火,你看,本来豆子和豆萁是长在一起的,但现在豆子却要被豆萁燃起的火给煮熟了,这多像我和我大哥啊,本来我们俩是亲兄弟,血脉相连,现在却要相互残害,多可悲啊!

曹 植

---

① 漉:过滤。菽(shū):指古代所有不同的豆子。
② 萁:豆子的梗茎。
③ 然:就是"燃",意思是燃烧。

豆子

啊,你真的好可怜啊!我好同情你!

谁说不是呢?唉,幸好我现在写出来了,可以逃过一死了。可是,咦?我是不是忘了什么事儿?你刚才要跟我说什么来着?

曹植

豆子

你才想起来!我都快要被煮熟了!啊啊啊啊啊啊救命啊!!我要死了!啊啊啊啊!

特别推荐

少年英雄走边疆

我！曹植！最近可真是高兴啊，跟着父亲打了好几场胜仗，父亲欣赏我提拔我，士兵们也敬重我佩服我，真是春风得意！想到前不久去大西北平定叛乱的过程，那潇洒，那豪迈，哈哈哈哈，大快人心，真想回去再打一次！可惜啊，我现在被封了侯，暂时是去不了喽，只能想象一下了，我就照着我自己的样子写了一个勇士，哈哈哈哈哈哈，我这么帅，我的英姿一定要流传千古才行：

白马篇

白马饰金羁①，连翩②西北驰。
借问谁家子？幽并③游侠儿。
少小去乡邑，扬声沙漠垂④。
宿昔秉⑤良弓，楛矢⑥何参差！

---

① 金羁：马笼头。
② 连翩：连续不断，原指鸟飞的样子，这里用来形容白马奔驰的俊逸形象。
③ 幽并：幽州和并州。在今河北、山西、陕西一带。
④ 垂：边陲，边境。
⑤ 秉：拿着。
⑥ 楛（hù）矢：用楛木做成的箭。

特别推荐

在广阔的大西北，一个翩翩少年骑着一匹白马，马笼头是金色的，看起来璀璨明朗，漂亮潇洒极了，有人看见他，遥遥地喊着问他是谁，他高声笑着回答说，是从幽州和并州那一带来的侠客，从小就离开了家乡，在沙漠边境之地名声很大。不管早晚，他手里都拿着弓箭，用楛木做成的箭长短不一，装满了箭筒。多么英武帅气的少年啊！他不光装备得好，动作也很敏捷：

> 控弦破左的①，右发摧月支②。
> 仰手接飞猱，俯身散③马蹄④。
> 狡捷过猴猿，勇剽若豹螭（chī）。[2]

他拉开弓，向左射中了箭靶，向右又射中了箭靶，仰头射箭，能射中飞奔而过的猿猴，低头射箭，能射中像马蹄一样飞快移动的靶子，真是比猿猴还要矫健，比豹子和螭都要勇猛。真是个牛人！

---

① 的：箭靶的中心。
② 月支：箭靶的名称。
③ 散：射碎。
④ 马蹄：箭靶的名称之一。

特别推荐

> 边城多警急,虏骑数迁移。
> 羽檄(xí)①从北来,厉马②登高堤。
> 长驱蹈匈奴,左顾凌鲜卑。

正在这时候,边境上传来鸡毛信,紧急宣告敌人来袭,这勇士就骑着马登上了高高的土坡,飞奔到敌营中,向前奔驰踩踏匈奴人,向左看一眼,就能压制鲜卑敌人,左冲右突,勇猛无敌。哎呀呀,这形象真是让我满意,虽然比我这宇宙第一帅还差点儿吧,也算是宇宙第二帅了!他武艺高强,同时心志也很坚韧:

---
① 羽檄:军事文书,插鸟羽以示紧急,必须迅速传递,就像常说的鸡毛信一样。
② 厉马:扬鞭策马。

> 弃身锋刃端,性命安可怀?
> 父母且不顾,何言子与妻?
> 名编壮士籍,不得中顾私①。
> 捐躯赴国难,视死忽如归。

　　只要能击退敌人,就算死在战场上又算什么大事儿呢?连父母都顾不上,更别说是妻子和儿女了,既然已经成了战士,那就不能再想着个人利益了,为国家解除危难奋勇献身,视死如归!

---

① 中顾私:心里想着个人私事。

文苑杂谈

你们怎么这么自恋

曹植是个有名的大才子，但也是个十足的自恋狂，他虽然一辈子都没掌握重权，却认为自己有辅佐君王的才能，觉得自己慷慨大气、与众不同。偶像都这么自恋，更不用说他的粉丝了。谢灵运夸曹植就夸得特别卖力，他把天下的才华总结成一石。"石"是古代用来计算重量的单位，一石是十斗，东汉时，一石就是一百二十斤，那时候的斤和现在的斤不一样。但谢灵运并不是看重石的重量，而是在意它怎么分。他认为这一石的才华，曹植一个人就独占了八斗，占去了五分之四，可见谢灵运对曹植很是敬佩。但接下来，谢灵运又认为自己一个人又占了一斗，剩下的一斗，就分给古往今来所有的其他人了。好家伙，在他看来，除了曹植，古代所有人的文才都比不上他，连屈原都只能去和别人共分一斗，这口气，真是大得不得了！

虽然曹植和谢灵运都很自恋，但比他俩更自恋的文人还有的是呢。最有名的就是李白，连他的老朋友杜甫都在诗里记着李白自恋的话："天子呼来不上船，自称臣是酒中仙。"连皇帝都不放在眼里，还说自己是仙人哪。

再比如宋代的词人辛弃疾，他有一段时间没有得到

重用,就开始碎碎念,在词里说"不恨古人吾不见,恨古人不见吾狂耳",认为自己不遗憾没见着古人,倒是遗憾古人没有看见他的狂傲。同时,他还说"知我者,二三子",觉得真正懂得自己才华的人,数来数去也只有两三个而已。要知道,在他前面可还有诗仙李白、诗圣杜甫、诗佛王维、诗鬼李贺等呢,他都不放在眼里,这脸皮厚的,都能去当防弹衣了吧!

 七嘴八舌

曹丕

弟弟呀,哥哥我也是没办法才把你赶走的,谁让你那么有才呢?

哎呀哎呀,你可是我的偶像哇!偶像偶像,你看我夸你夸得好不好?你能给我签个名吗?我可崇拜你了!

谢灵运

吃瓜群众

咦?听说今天皇上又下旨了,曹植又要搬家了?你知不知道他要搬到哪去啊,作为头号粉丝,我要跟着去!

扫码看精彩视频

知识补丁

[1] 羹:"羹"在秦代以前是指带汤汁的肉,而在秦代以后指用肉或者菜做成糊状带汁的食物。因为以前人们主要是吃羊肉,所以这个字上面是羊羔的"羔",下面是美味的"美"。

[2] 螭:传说中龙生了九个儿子,螭就是其中之一,是一种没有角的龙。现在很多建筑物上都用它来做装饰,尤其是用在排水口,称为"螭首散水"。

孔 融

都怪我口才好

153年—208年，字文举

称　号：“建安七子”之一、孔北海
籍　贯：鲁国（今山东曲阜）
代表作：《荐祢衡表》
　　　　《杂诗》二首
　　　　《论盛孝章书》

牛人时间轴

孔融这辈子

153年
0岁
　　孔融出生在鲁国，也就是现在的山东曲阜。他的父亲叫孔宙，孔融是孔子的第二十世孙。

163年
10岁
　　孔宙去世，孔融特别伤心，站都站不起来，必须得有人扶着才行，"哀悴过毁，扶而后起"，当时的人都称赞他孝顺。

166年
13岁
　　孔融的哥哥孔褒有个好朋友叫张俭，得罪了大官，被人追杀，来投奔孔褒，孔褒不在，孔融就做主收留了他，结果被人发现，张俭逃跑了，孔褒被抓起来定了罪。

184年
31岁
　　孔融被举荐为侍御史[①]，但因为与上司不合，就假装自己生病，辞官回家了。

[①] 侍御史：古代负责监督弹劾的官吏，如果朝廷中的高级官员犯法，一般由侍御史上报给皇帝。

牛人时间轴

190年 37岁

孔融到青州北海郡①担任郡相，因为把北海治理得特别好，当时的人又叫他"孔北海"。

196年 43岁

袁绍的儿子袁谭攻打青州，孔融抛下家人，一个人跑到了曹操那里，投奔了曹操。

207年 54岁

当时闹饥荒，曹操多次上书，请求皇帝禁酒，孔融就给曹操写信，认为禁酒是不对的，态度很傲慢，惹怒了曹操。后来他多次反对曹操，使曹操积怒在心。

208年 55岁

孔融被提拔为太中大夫①。但他脾气很坏，老是顶撞曹操。当年九月，曹操实在忍受不了孔融，就随便给他安了几个罪名，把他处死了，并且把他的家人也杀了。

---

① 青州北海郡：今山东昌乐西。
② 太中大夫：负责给皇帝进言、劝谏皇帝的官吏。

我可没骂您

姜太公：孔融！你小子给我出来！你活得不耐烦了！竟然敢在诗里骂我！给我出来！缩头乌龟！出来！

来了来了，别喊啦，我来了，到底怎么了？
孔融

姜太公：你还敢问！你在诗里骂我，当我不知道吗？先吃我一拐杖！

哎哟哎哟，别打别打，我怎么您了？我没骂您啊！您先说清楚啊，打人是不对的！
孔融

姜太公：哼，别装傻，你在诗里骂我老匹夫，老匹夫的意思是说人有勇无谋、无知无识，你当我不知道吗？

啊,我知道了!是我的《杂诗》吧?哎呀,您误会啦,我没有骂您呀,您听我仔细解释啊!

姜太公

臭小子,男子汉大丈夫,骂了就是骂了,还不敢承认,算什么本事!你说,你今天要是不给我说清楚喽,我饶不了你!

孔融

唉,您不知道,我一直觉得大汉王朝才是正统,曹操这老小子就是个谋反的逆贼罢了,因为这个,我看曹操就是不顺眼,我看见他就想嘲讽他。他呢,每次都被我气得要死,但他又想笼络人才,只能忍着。我可一点都不想当他手底下的官,因此,我虽然当过几次官,像北海相啊什么的,但是我还是觉得我才能卓越,这些官对我来说都太小了,还不够施展我的才华。我经常琢磨着怎么才能建立功业,让大家对我刮目相看,琢磨来琢磨去,怎么建功立业没想出来,倒先琢磨出来一首诗。诗的开头是这样写的:

杂 诗

岩岩①钟山首，赫赫②炎天③路。
高明曜④云门，远景⑤灼寒素⑥。
昂昂⑦累世士⑧，结根在所固。

我认为，高峻寒冷的钟山石首就像是我这样坚持汉朝正统的人，而炎热至极的南方之路就像是依附于曹操而当了大官的那些人，他们和我的差距可不是一般的小。那些依附曹操做大官的人气势显赫，几乎都冲到了天上，他们的光芒可以照到我们这些清正之士，气势逼人。超群出众的贤才是连续几代积累的结果，只有根基像山川这样牢固的人才可以昂首于天地之间。我就是这样，我的祖上世代为官，根基牢固，而曹操呢，只不过是宦官的后代，有什么好得意的。但他现在权势显赫，我又不能明说，只好就用诗文暗示一下了。

---

① 岩岩：高峻的样子。
② 赫赫：炎热的样子。
③ 炎天：指南方。《吕氏春秋》里面说天有九块，中央叫钧天，东方叫苍天，东北叫变天，北方叫玄天，西北叫幽天，西方叫颢天，西南叫朱天，南方叫炎天，东南叫阳天。
④ 曜：照耀。
⑤ 远景：余光。景，是指日光。
⑥ 寒素：地位低下的贫寒人家。
⑦ 昂昂：高超挺拔的样子。
⑧ 累世士：累积几代才出现的贤士。

姜太公

哦，原来是这样啊，我懂了。那你为什么又写到我呢？

孔融

我觉得吧，一个人只要有远大的抱负和志向，就一定能成就一番事业，您和管仲不就是这样吗？您年轻的时候是个平民老百姓，生活也很贫穷，但是周文王找到了您，您就去帮助他，做出了卓越的贡献。管仲也是一样，他本来是个囚徒，后来才能被发现，当了齐桓公的谋士，辅助他成就了霸业，这正是我诗里写的：

吕望①老匹夫，苟为因世故②。
管仲小囚臣，独能建功祚（zuò）③。

姜太公

哦！原来你说我是"老匹夫"，意思是说我是个平民百姓，不是骂我啊。

---

① 吕望：吕望就是姜太公，就是姜子牙。姜太公的姓是"姜"，氏是"吕"，名是"尚"，号是"太公"。
② 世故：时世的缘故。
③ 祚：功业。

超级访谈

孔融

当然啦,您这么厉害,怎么可能骂您呢?我想到您七十岁的时候才得到重用,再看看我自己,就觉得人不能永久地活着。人们都害怕自己变老,但是在我看来,我有幸活着,就要像猛虎一样奋勇向前,怎么能终身困苦,与世俗同流合污呢?虽然现在由于我不拘小节,世上的庸人都嘲笑我,但我觉得,依照我的才能,就算是您,也不值得我仰慕,更不用说是伯夷叔齐他们了。他俩在周武王打败商纣王建立周朝以后,不肯吃周朝的米,也不愿意出去做官,就躲在首阳山上采野草吃,最后饿死了,这只是有气节而已,还不值得我敬佩呢。所以我就接着写了:

人生有何常,但患年岁暮。
幸托不肖躯,且当猛虎步。
安能苦一身,与世同举厝(cuò)①。
由不慎小节,庸夫笑我度②。
吕望尚不希,夷齐③何足慕。

---

① 举厝:"厝"就是"措",举厝就是行为举止。
② 度:器量、胸怀。
③ 夷齐:伯夷和叔齐。

姜太公

说得好哇！年轻人就要有这样的志向！看到你们这么有出息，我就放心了！不过小伙子，你可要小心点，说话太直可不是什么好事，要当心祸从口出啊！

特别推荐

夸人，我可是老手

我这个人吧，爱恨分明，要是我讨厌谁，那我就会毫不留情地骂他，可谁要是对我的胃口，我也会特别大方地夸他，绝对不嫉妒，连后世写的史书《后汉书》里都称赞我："性宽容少忌，好士，喜诱益后进。"通俗点儿说，就是说我喜欢提拔有才能的人，做他们的人生导师。

在我这个时代，别看我和曹操老吵架，我在皇帝那里还是有几分重量的，我担任过北海郡的郡相，地位不低，而且我文采好，名声也大，因此，我推荐的人一般都能让皇帝也满意，好多人都求着让我推荐他们呢。要知道，在我这个时代，想做官不能靠考试，因为那时候实行的是"察举制"，也就是让地方官考察当地人，要是觉得谁有才，就推荐给上级，上级再推荐给上上级，一级一级地推荐到朝廷，然后再进行考量，考量合格，就可以去当官了。

这不，我有一哥们儿，叫祢（mí）衡，这人呢，骄傲得不行，又是个直肠子，有时说出来的话真是能把人给气死，为此他可得罪了不少人。可他又很有才，不推荐给皇帝，那就可惜了。因此，我决定写一篇文章，向皇帝推荐他。

既然是推荐祢衡的文章,那肯定要夸他。他有才华,这是一定要说的;但他这个人直肠子,老爱得罪人,我不能直接这么说,得换个说法,那就说他"忠果正直""疾恶如仇"。

来来来,我给大家念一段,我是怎么夸祢衡的:

荐祢衡表

淑质贞亮,英才卓跞(luò)①。

初涉艺文,升堂睹奥。

目所一见,辄诵于口,

耳所暂闻,不忘于心。

性与道合,思若有神。

弘羊潜计,安世默识,

以衡准之,诚不足怪。

忠果正直,志怀霜雪,

见善若惊,疾恶如仇。

我夸祢衡性格好,坚贞贤明,才华横溢,卓越不群。开始学习古书典籍的时候,就像登堂入室一样,由浅到

---

① 卓跞:亦作卓荦(luò),超绝。跞另读"lì",走动。

特别推荐

深,渐入佳境。他过目不忘,眼睛看见的,马上就可以诵读出来,耳朵听见的,都可以在心里记得很牢固。他的性情与志向很相符,思考的时候就像有神灵在帮助他一样,可以想得很深入。像西汉时期的桑弘羊,他出生在商人家里,心算能力特别强,还有西汉的张安世,当了大官,记忆力超级好,这二人和祢衡比起来,都算不了什么。祢衡忠诚果断,勇敢正直,志向就像霜雪一样洁白高尚,看见有人行善事,就像从来没有见过一样惊叹赞赏,看见有人做坏事,就像看见自己的仇人一样厌恶憎恨。

怎么样?写得不错吧,性格、能力、品性,我都说到了,这可真是太厉害了!我就说了嘛,夸人,我可是老手,你们可都学着点儿吧!

你小时候一定很厉害吧

孔融小时候不仅孝顺,还很聪明,口齿伶俐,和别人辩论时经常让对方目瞪口呆,说不出话来。在他十岁的时候,有一次,他父亲带他去京城,他背着父亲偷偷跑出来玩,在大街上听到别人谈论一个特别有名的人,名叫李膺,据说只有和他同样有名的人以及他家的亲戚才能进他家的门,别人去了都会被赶出来。孔融特别好奇,就想着去看看:这是个啥样的人啊,怎么这么牛?他就一个人去了李膺家里。到了人家家门口,人家有保镖啊,孔融进不去,他就说自己是李膺的亲戚,于是就进去了。进去见了李膺,李膺很奇怪:这谁啊?我没见过啊,就问他:"君与仆有何亲?"就是"你和我有什么亲戚关系呢?"孔融想了想,就说:"我的祖先是孔子,你的祖先是老子,我的祖先向你的祖先问过问题,所以咱们是世交啊。"李膺一听,这孩子不得了!周围的宾客也都很惊奇,夸孔融是个神童。

这还没完,孔融正得意着呢,又来了一个客人叫陈韪(wěi),听说了这事儿,心里很嫉妒,就说:"小时了了,大未必佳。"孔融一听,这不是说我小时候这么聪明,长大了就不一定聪明了吗?不行,我必须得反驳,

文苑杂谈

于是就回答说:"想君小时必当了了。"哼,看你现在这样子,小时候一定很聪明吧!陈韪听了,这不是拐着弯儿说他现在很平庸吗?他快要气死了,却又找不出话来反驳,真是哑巴吃黄连——有苦说不出了。

历史上和孔融一样伶牙俐齿的名人并不少见。宋代的苏轼才华横溢,他有个好朋友,是个名叫佛印的禅师,二人特别谈得来,关系特好,平日里老是互相斗嘴。有一天,苏轼写了首诗,里面有两句是:"八风吹不动,端坐紫金莲。"八风就是佛教上说的"誉、利、苦、乐"等生活上遇到的八种境界,能影响人的情绪,所以称为风。苏轼的意思就是我很淡定,这八种事儿都影响不了我。他很得意,就派人把这首诗送到了佛印那里,想炫耀一下。结果过了一会儿,送诗的人回来了,还带着佛印的回信,苏轼高兴地打开一看,上面写着两个字:"放屁"。这可把他气坏了,就急匆匆地过江去找佛印理论。到了江边才发现,人家正等着他呢,还没等他问,佛印就对他说:"你不是说'八风吹不动'吗?今天怎么就'一屁打过江'了?哈哈哈哈哈。"

清代的大学士纪晓岚也是个铁齿铜牙的人。在他小时候,有一次和几个小伙伴一起踢球,运气不好,正好踢中了路过的知府的轿子,球被知府捡走了。纪晓岚舍不得这球,就去要,知府见他与众不同,就出了个对联

文苑杂谈

试探他,说:"童子六七人,唯汝狡。"就是说六七个小孩子里面,就纪晓岚一个人很狡猾。纪晓岚一听,这太简单了,张口就来:"太守二千石,独公……要是你把球还给我,那就是'独公廉',要是不还给我,那就'独公贪'!"二千石,就是指知府的工资一年有两千石粮食。知府一想,这可不得了,我还想着当大官呢,要是被小孩子说我贪,被别人听到,这我不就完蛋了嘛,于是就把球还给了纪晓岚。

孔褒

哎呀！你们都被我弟弟给骗了！什么孔融让梨？！要不是那个大梨上面有虫眼，他才不会让给我呢！

你说你用啥词不好，非要用"老匹夫"，幸亏我讲道理，听你解释，换成别人，还不把你打得半身残废喽！

姜太公

曹 操

像你这么有才华的人，我还是很珍惜的。但你为什么总是跟我对着干？要不是你老顶撞我，我可能就不会杀你了，让你长命百岁什么的也不是不可能啊，要怪就怪你口才太好吧！

扫码看精彩视频

蔡文姬

乱世中的才女

约177年—约239年，名琰（yǎn），
字文姬，又字昭姬

称　号："中国古代四大才女[1]"之一
籍　贯：陈留郡圉（yǔ）县（今属河南开封市）
代表作：《悲愤诗》

牛人时间轴

蔡文姬这辈子

177年 0岁
蔡文姬出生。蔡文姬的父亲蔡邕（yōng），是文学家、书法家，博学多闻，通晓经史、天文、辞赋。

178年 1岁
父亲蔡邕因《对诏问灾异八事》被黜，发配戍边。蔡文姬随父亲迁移至五原安阳县（今内蒙古包头西北）。

189年 12岁
蔡邕被董卓征召，被迫到洛阳赴任，蔡文姬又随父亲到了洛阳。

192年 15岁
曹操受蔡邕所托，为蔡文姬与卫宁做媒，二月十六日蔡文姬出嫁，三月十二日大婚。

193年 16岁
蔡文姬丈夫卫宁病故，蔡文姬又回到圉（yǔ）县蔡府。

牛人时间轴

195年 18岁 蔡文姬在孟津被匈奴掳走，后与匈奴左贤王成婚。

207年 30岁 曹操派周近为使，至南匈奴，用白璧、黄金，赎回蔡文姬。与丈夫、儿子离别后，蔡文姬吟出《悲愤诗》。

208年 31岁 元月，蔡文姬经秦直道南下，在子午岭驿站，吟《胡笳十八拍》。曹操南下征讨刘表、孙权之前，让百官入朝观看蔡文姬所录典籍，将董祀任命为屯田都尉，与蔡文姬成婚。

209年 32岁 董祀得罪了曹操，曹操下令要杀董祀，蔡文姬散着头发光着脚，为丈夫求情。

220年 43岁 蔡文姬与丈夫、女儿到秦岭北麓的蓝田隐居。

239年 62岁 蔡文姬卒，埋葬在蓝田县山林。

妈妈,你要去哪儿

儿子

妈妈,你在收拾东西?

嗯……收拾一下,衣服许久不整理,都乱了。

蔡文姬

儿子

妈妈,你不要骗我了,别人都告诉我了,你要走了,要到很远很远的地方去,而且不会再回来了。

(泪珠一下子滚落了下来)这是谁告诉你的?

蔡文姬

儿子

(抱住母亲的脖子)妈妈,妈妈,你能不能不要走,我求你了。你一贯善良仁慈,怎么唯独对我这么狠心,我还没有成年啊,你忍心抛下我不管吗?

儿啊,妈妈也舍不得你啊。

蔡文姬

儿子

妈妈你能不走吗?难道这里不是我们的家吗?

蔡文姬

这里不是妈妈的家，妈妈的家在遥远南边的大汉王朝，那里不像这里整日天寒地冻、风沙漫天，那里的春天是风和日丽、鸟语花香的，那里还有你外祖父的书房，妈妈从小读书的地方……

儿子

啊？妈妈那你为什么来到了这里呢？

蔡文姬

我来这儿不是自愿的，是被这里的士兵强行绑过来的，跟你父亲结婚，也不是出自我的本意。

儿子

居然还有这种事情？

蔡文姬

儿啊，你还小，不知道妈妈这么多年是怎么过来的。我自幼在父亲的教导下，学习诗文，研习音律，从小的理想就是成为像班昭一样的才女，著书立说，让自己名留青史。但后来，你的外祖父不幸遇害，我们家族败落，而我也被掳到了这里。一路艰险自然不必说，来到这里后，更是水土不服。生了好几场大病，足足瘦了好多斤。

超级访谈

儿子:妈妈好可怜啊!你是不是特别想回到你自己的家?

蔡文姬:是啊,特别想回去。我之前每每听说有远道而来的客人,就马上跑过去打听家乡的消息。但遇到的往往不是同乡人,只能失望而归,现在自己终于要回去了,怎能不欢喜?但妈妈也放心不下你啊!

儿子:妈妈,那我能不能跟你一起回去呢?

蔡文姬:你父亲是尊贵的王爷,怎么会允许我带你回去?唉,请你原谅妈妈的狠心。以后妈妈不在身边的日子,你要学会照顾自己,妈妈给你留下的书,你时常读一读,对你有好处。日后有机会出使大汉王朝的话,记得来探望妈妈……

(几个月后)

蔡文姬:终于回来了!儿子,妈妈不在的日子,你过得好吗?妈妈无法见到你,只能在这首诗里诉说对你的思念:

悲愤诗
（节选）

有客从外来，闻之常欢喜。

迎问其消息，辄（zhé）复①非乡里。

邂逅②徼③时愿，骨肉来迎己。

己得自解免，当复弃儿子。

天属④缀⑤人心，念别无会期。

存亡永乖隔⑥，不忍与之辞。

儿前抱我颈，问母欲何之。

人言母当去，岂复有还时。

阿母常仁恻⑦，今何更不慈。

我尚未成人，奈何不顾思。

见此崩五内⑧，恍惚生狂痴⑨。

号泣手抚摩，当发复回疑。

蔡文姬

---

① 辄复：往往。
② 邂（xiè）逅（hòu）：不期而遇。
③ 徼（jiǎo）：侥幸。
④ 天属：天然的亲属。
⑤ 缀：联系。
⑥ 乖隔：隔离。
⑦ 仁恻：仁慈。
⑧ 五内：五脏。
⑨ 生狂痴：发狂。

特别推荐

国破家亡的悲伤

我小时候比较幸运，出生在一个书香门第，生活还算美满幸福。但等我长大之后，凄惨的生活就来了。

先是父亲遇害。我爸爸蔡邕只不过在酒桌上说了几句惋惜董卓的话，就被王允逮捕入狱了。虽然我没有见到爸爸在狱中的生活，但我想那一定是痛苦万状的，直到爸爸去世，我都一直在挂念着他。知道他没有生还的可能，每天我的心里都拧成几个疙瘩。

后来，我的丈夫也去世了。虽然我们的婚姻生活只有短暂的一年，但我们的感情非常亲厚。丈夫在世时，我们经常在一起谈论文学、时政、诗歌，度过了一段非常快乐的时光。可惜他得了严重的肺病，英年早逝。

不仅我的家庭惨遭不幸，我们的国家也是。当时朝政大乱，边疆失守，北方的匈奴趁机南下侵扰，而我就不幸被匈奴掳走。正如我在诗里写的：

悲愤诗
（节选）

平土人脆弱，来兵皆胡羌。
猎野围城邑，所向悉破亡。
斩截①无孑（jié）②遗，尸骸相撑拒③。
马边悬男头，马后载妇女。

我们中原地区的人软弱不强，无法抵抗来犯的北方匈奴士兵。匈奴士兵践踏了野外的庄稼，围攻了城池，乱兵所到之处，百姓都被害得家破人亡。匈奴疯狂砍杀不留一人，死人的骸骨交错纵横。匈奴士兵回去后，马

---

① 截：斩断。
② 孑：独。
③ 相撑拒：互相支持。

 特别推荐

边悬挂着男人的头颅，马后捆绑着抢来的妇女。

> 长驱西入关，迥①路险且阻。
> 还顾邈（miǎo）冥冥（míng）②，肝脾为烂腐。
> 所略有万计，不得令屯聚。
> 或有骨肉俱，欲言不敢语。
> 失意机微间，辄言毙降虏。
> 要当以亭刃，我曹③不活汝。
> 岂复惜性命，不堪其詈④骂。
> 或便加棰杖，毒痛参并下。
> 旦⑤则号泣行，夜则悲吟坐。
> 欲死不能得，欲生无一可。
> 彼苍者何辜，乃遭此厄祸。

我被迫随着匈奴士兵长途跋涉，这一路既艰险又遥远。我们这些被掳掠的人，往回望啊望啊，无论如何也望不到家乡的路，不禁伤心欲绝、肝肠寸断。这些被掳掠的人成千上万，但匈奴士兵不允许我们集中住在一

---

① 迥（jiǒng）：远。
② 邈冥冥：缥缈迷茫。
③ 我曹：我辈。
④ 詈（lì）：责骂。
⑤ 旦：早上。

起。如果有亲人偶然相遇，想说句话都不敢吭声。这些士兵稍有些不如意，马上就说杀掉我们这些俘虏。"手里的刀子正空闲着呢，我们本来就不想让你们活下去！"都到这个时候了，谁还顾惜自己的性命啊，最不能忍受的，是他们的羞辱谩骂和毒打。我们这些俘虏，白天被迫赶路，夜里无奈地悲哀哭泣。想死却死不了，想活却没有一点希望。老天啊！我们有什么罪过？让我们遭此恶祸！

　　如果有来世，我只希望我能过上安静平和，没有灾祸和战乱的日子。

文苑杂谈

最强大脑蔡文姬

蔡文姬一生命运悲惨,但她从小聪明过人,如果生在今天,绝对可以算得上是最强大脑。

比如,非常有名的《三字经》,其中就有两句"蔡文姬,能辨琴;谢道韫,能咏吟",前半句写蔡文姬,且与谢道韫并称。"蔡文姬,能辨琴",是说蔡文姬能在许多琴里挑选最好的琴吗?当然不是。这里说的是,蔡文姬从小在听力方面非常厉害,精通音律。传说她在六岁时就能分辨琴师弹奏曲子的含意。

有一次,蔡文姬正在家里看书,她的爸爸蔡邕在屋里弹琴,正弹得起劲儿呢,其中一根琴弦"嘣"一声,突然就断了。琴弦断掉,被视为不祥之兆。蔡邕很不高兴,心里想:"唉,又遇到了假冒伪劣产品。"

正出神呢,外面传来蔡文姬的说话声:"爹,你的琴是不是第三根弦断了?"这时,蔡邕才低下头,看看断掉的那根琴弦,果然是第三根。蔡邕想:啊?隔着一堵墙呢,女儿看不到,她是怎么知道的?这琴反正也坏了,我再弄断一根。"爹,你是怎么弹的呀,怎么第二根也断了?"蔡邕有点惊讶,女儿厉害呀,听力竟然这么强!

不光听力强,蔡文姬的记忆力也很强。有一次,曹

操问蔡文姬:"我记得你家原来有不少古书,你还记得吗?"蔡文姬说:"我爹去世以后,曾把四千多卷书转交给我,可惜这些年流离失散,一卷也没有留下来。我现在也就能记住四百多篇吧。"这记忆力着实让曹操吃了一惊。于是,曹操让蔡文姬背诵,派十个人根据蔡文姬的背诵记录成文字。蔡文姬却说:"不用他们,我自己背,自己写。"

果然,蔡文姬凭借强大的记忆力,真的默写出四百多篇重要的文章。要是蔡文姬活在今天,恐怕真是最强大脑了。只可惜她生在了一个乱世,这样的乱世,哪里有机会给她提供稳定的学习环境呢。说起来,真是挺可惜的。一代最强大脑,就这样被时代的车轮无情碾压过去了。

七嘴八舌

蔡文姬儿子

妈妈，妈妈，你真的再也不回来了吗？

灵慧的闺女啊，你本来能做最强大脑的，只是爹爹无能，把你给害苦了呀。要是我活着，就是拼了这条老命，也不能让匈奴人把你给掳走呀。

蔡　邕

曹　操

我与蔡邕是旧相识，如今我掌握大权了，一定要把蔡文姬赎回来。不然，九泉之下，我怎么有脸见他呢！

扫码听乐死人的故事

知识补丁

[1] 中国古代四大才女：指蔡文姬、李清照、上官婉儿、卓文君（有争议，有人认为是班昭）。

李清照，宋代女词人，婉约词派代表，有"千古第一才女"之称。

上官婉儿，唐代女官、诗人。祖父上官仪是唐高宗时期的宰相，因得罪武则天被杀。刚出生不久的上官婉儿和母亲一起被贬为奴婢。上官婉儿十四岁时，因聪慧善文，被武则天赏识重用，负责草拟皇帝诏令多年，有"巾帼宰相"之名。

卓文君，精通音律，文采出众，与汉代著名文人司马相如的一段爱情佳话至今被人津津乐道。她的《白头吟》中"愿得一心人，白头不相离"一句堪称经典佳句。

班昭，东汉女史学家、文学家，史学家班彪之女、班固之妹。班固著《汉书》，没有完成就去世了，班昭接替兄长事业，继续编写《汉书》。

诸葛亮

智慧的最佳代言人

181年—234年,字孔明

称 号:卧龙、伏龙
籍 贯:琅玡阳都(今属山东沂南)
代表作:《诫子书》
   《前出师表》
   《后出师表》

牛人时间轴

诸葛亮这辈子

181年
0岁

出生在琅玡郡阳都县的一个官吏之家，诸葛氏是琅玡的望族。诸葛亮的父亲诸葛珪，是汉朝末年的泰山郡郡丞①。

187年
6岁

父亲诸葛珪去世。诸葛亮与弟弟、妹妹被叔叔诸葛玄收养。

194年
13岁

诸葛亮的哥哥诸葛瑾带着继母到了江东。叔叔诸葛玄担任了豫章太守②，诸葛亮与弟弟妹妹跟着叔父到了豫章。后来又到荆州襄阳，投靠了刘表。

---

① 郡丞：辅佐郡守的官员，相当于现在的省委秘书。
② 豫章太守：豫章，郡名。豫章太守，掌管豫章这个地方的官员。

牛人时间轴

197年 16岁

叔父诸葛玄去世。诸葛亮与弟弟、妹妹移居襄阳西边的隆中山，开始了晴耕雨读的生活。诸葛亮喜欢吟诵古老的歌谣《梁甫吟》，经常把自己比作管仲、乐毅①。诸葛亮的朋友很少，只有博陵的崔州平、颍川的徐庶与他交好，知道他有管仲、乐毅那样的才能。

207年 26岁

诸葛亮与徐庶等朋友一起向司马徽②学习兵法，讨论怎样治国理政。经徐庶推荐，刘备三顾茅庐，亲自去隆中拜访诸葛亮。诸葛亮纵谈天下大势，解说天下三分的局面。随后，便出山辅佐刘备，希望能复兴汉室。

---

① 管仲、乐毅：管仲（约公元前723年—前645年），名夷吾，字仲。春秋时期法家代表人物，中国古代著名哲学家、政治家。乐毅，生卒年不详。战国后期杰出的军事家。曾统帅燕国等五国联手打败齐国，是中国古代战争史上以弱胜强的著名战役。

② 司马徽：司马徽（？—208年），字德操，东汉末年名士，精通道学、奇门、兵法等。为人清雅，学识渊博。

牛人时间轴

214年 33岁

刘备领荆州牧①以后,诸葛亮任军师中郎将②。经过精密部署,诸葛亮与张飞、赵云率兵与刘备会师,合围攻打成都。刘备领益州牧,开始掌管巴蜀之地。自从刘备与孙权平分荆州以后,诸葛亮整顿巴蜀政治,筹划发展经济,很快就缓解了汉中危机。

223年 42岁

刘备病危,在白帝城托孤诸葛亮。刘禅即位以后,封诸葛亮为武乡侯,领益州牧。诸葛亮治理巴蜀内政,稳定人心,安定了蜀汉政权,开始为平定南北做准备工作。

227年 46岁

诸葛亮向后主刘禅呈交《出师表》,率兵北伐。第二年春天,第一次北伐失败,街亭失守,诸葛亮挥泪斩马谡。

---

① 荆州牧:古代以九州的长官为牧。荆州牧为管理荆州的最高官员。
② 军师中郎将:总管军事事务的官,位高权重。

227年
46岁

冬天,第二次北伐,用了很长时间围攻陈仓,粮草用完以后退兵。北伐期间,诸葛亮制造"木牛流马"运送粮草,多次打败司马懿。

234年
53岁

春天,诸葛亮再次北伐,亲自率领十万大军从斜谷口出,进军五丈原,军队驻扎在渭水之滨,与魏军对战。夏末,诸葛亮积劳成疾,在五丈原去世。死后埋葬在定军山,赠谥"忠武侯"。

时间都去哪儿了

诸葛亮

五丈原的风好冷啊,我剩下的时间恐怕不多了,快把我孩子喊过来。

爸爸,爸爸,你怎么了?

诸葛瞻

诸葛亮

没事,没事,你魏叔叔把我的灯给弄灭了,恐怕留给我的时间不多了。你上前来,我写了一封信给你,就在我枕头下,你赶紧取出来。

爸,没事的,你要有信心。我……我这就取出来。

诸葛瞻

诸葛亮

你拿出来念给我听。

好,好,我这就念给您听:

诸葛瞻

超级访谈

诸葛瞻

夫君子之行,静以修身,俭①以养德。非淡泊②无以明志,非宁静无以致远。夫学须静也,才须学也,非学无以广才,非志无以成学。怠慢③则不能励精④,险躁⑤则不能治性。年与时驰,意与日去,遂⑥成枯落。多不接世⑦,悲守穷庐,将复何及!

诸葛亮

嗯嗯,这就是我一直想跟你说,还没来得及讲给你听的,我已经没有时间仔细给你讲这些了,你要好好体会里面的话。我这辈子,已经到头了,你能理解这里面说的是什么吗?

老爸呀,我也老大不小了,你怎么还是把我当孩子看。以我的体会,老爸这封信主要想告诫我,无论在什么环境下,都要保持"静"的状态,生活尽量简单朴素,这样心里才能澄澈明

诸葛瞻

---

① 俭:约束,节制。
② 淡泊:内心恬淡,不追求名利。
③ 怠(tāo)慢:懒惰懈怠。
④ 励精:振作精神。
⑤ 险躁:轻薄浮躁。
⑥ 遂:于是。
⑦ 接世:帮助世人。

净,才能修身,才能走得更远。学习要靠"静",才干要靠学,不学习就不能拓展才能,没有远大的志向便不能成就大学问。懒惰懈怠、轻薄浮躁,都不能成就大的事业。你看,时间像箭那样飞逝,永远都不会等我们把一切都准备好。转过头来看,时间啊,都去哪了呢?

诸葛瞻

诸葛亮

听你这么说,这封信我没白写,你小子也算没白费我一片苦心。

唉,时间真是一把杀猪刀。转眼间,我的孩子也长大了,还是不懂事,天天调皮捣蛋,体会不到做父亲的苦心。我也打算写一封这样的信给他。可惜我没有老爸的才气、文笔,写……写不出来。

诸葛瞻

诸葛亮

你这话说到老爸心缝里了,姜还是老的辣!这样,我就可以放心地走了。

唉,老爸,你别走啊,话还没说完呢。

诸葛瞻

认真燃烧自己,一直到死

没想到,在几百年后,竟然没几个人能真正了解我。草船借箭、木牛流马、舌战群儒、空城计,这些家喻户晓的民间传说都快把我妖魔化了。其实,我也是人,一个很正常的人,只是比一般人稍微聪明一点。

我本是一介布衣,早就在《出师表》中交代过我的经历:

特别推荐

> 臣本布衣,躬①耕于南阳②,
> 苟全性命于乱世,不求闻达③于诸侯。
> 先帝不以臣卑鄙④,猥⑤自枉屈,
> 三顾⑥臣于草庐之中,咨⑦臣以当世之事,
> 由是感激,遂许先帝以驱驰⑧。
> 后值⑨倾覆⑩,受任于败军之际,
> 奉命于危难之间,尔来二十有一年矣。

我在南阳读书耕田,在这乱世中苟活。先帝不嫌弃我,还放下架子,三次亲自到我这破败的茅草屋里,跟我讨论天下大事。我真是感激得很。也正是这样,我才决定,走到哪里都与先帝不离不弃。在这二十一年的时间里,我哪里敢有丝毫放松,总是战战兢兢。

先帝临死前,曾将国家大事托付给我,这更加重了

---

① 躬:亲自。
② 南阳:古代称宛,今属河南省。
③ 闻达:闻名显达。
④ 卑鄙:低微而鄙陋。
⑤ 猥(wěi):谦辞,犹言辱。
⑥ 顾:拜访。
⑦ 咨:询问。
⑧ 驱驰:尽力奔走效劳。
⑨ 值:遇到,轮到。
⑩ 倾覆:颠覆、覆灭。

我的心理负担。从早晨到晚上，他们老说我愁眉不展，唉声叹气。我是害怕辜负了先帝的英明远见呀。如今，北定中原的任务还远远没有完成，年纪渐长，更加剧了我的惶恐，我怕完不成统一大业，没法告慰先帝的魂灵……想到这些，我真是死都不会瞑目啊。

因为我那点小聪明，让那些与我有关的神机妙算的故事不断被装饰、夸大，在民间广泛流传。可这并不是真实的我，我也时常在想：谁能理解真正的孔明呢？

不过，我还是有知音的。我也听过这样的话，心里特别安慰：你瞧人家诸葛亮，活着时就像蜡烛一样，光焰向上燃，泪水往下淌。我想，说这句话的朋友，一定是读过我的《后出师表》，也读懂了最后那句话：

> 臣鞠躬尽瘁[1]，死而后已。
> 至于成败利钝[2]，非臣之明所能逆睹[3]也。

我呀，一点也不想辜负先帝那片盛情，只想着认真燃烧自己，一直到死。

---

[1] 鞠躬尽瘁：鞠躬，弯腰或屈膝以表示尊敬、屈从。瘁，过分劳累。这句话是指勤勤恳恳，竭尽心力，到死为止。
[2] 利钝：指顺利与困难。
[3] 逆睹：预知，预见。

文苑杂谈

木牛流马

《三国演义》中讲述了一段非常有趣的故事。魏、蜀两国作战，僵持不下。蜀军的粮食供应主要靠益州内地，但长途运输成本非常高，这样的持久战，让远道而来的蜀军粮草接济很不方便。诸葛亮使出浑身解数，引诱司马懿出战，始终没能成功，为顺利运送粮草，诸葛亮便发明了木牛、流马。据陈寿《三国志》记载，"亮性长于巧思，损益连弩，木牛流马，皆出其意"，诸葛亮想法巧妙，连弩、木牛、流马都是诸葛亮发明的。木牛、流马这类运输工具，不依靠人力，完全是自动化的，运粮可载四百斤以上，而且每日行程在几十里，从而为蜀国十万大军提供稳定的军粮。

司马懿知道有这样方便运送粮草的工具，感到很震惊，派遣兵丁夺去木牛流马，并且命营中工匠快速仿造，也用来运送粮草。不料，又中了诸葛亮的计，魏军路上运送的粮草全都归了蜀军。一怒之下，司马懿率兵追杀，又中蜀军埋伏，险些丢了老命。

关于木牛流马，尽管有一篇《作木牛流马法》流传下来，但上面的记载大都是各种部件的精确尺寸，具体的制作流程仍旧比较模糊。因此，关于木牛流马，在民

间有很多传说。有人说,这是一种山路上用的单轮木板车,主要是依据杠杆原理,以减轻运送粮草时的人力消耗。木牛流马到底是什么样式,如何运送粮草?直到现在,也没人能说得清楚。

除了木牛流马,在中国古代,还有更有趣的发明。比如在《墨子》这部书中,就记载了这样一个奇怪的发明。说公输子曾经把竹子、木头削成喜鹊,就能在天上飞,三天都落不下来。再比如,东汉时候的张衡,发明了地动仪,地动仪上有八个方位,每个方位上都有口含珠子的龙头,下面各有一只张着大嘴的蟾蜍。如果某个方位发生了地震,对应的龙头口衔的珠子就会掉进下面蟾蜍的嘴里,以显示发生了地震。可惜的是,因为没有详细的制作方面的材料流传下来,这种能够报知地震的仪器再也无法复原了。

七嘴八舌

张飞：孔明，你不要不识抬举，我大哥已经是第三次来你这破草庐了。

关羽：孔明先生料事如神，曹操没走大路，果然去了华容道，然而曹丞相曾待我不薄，我把他给放走了。您把我杀了吧。

刘备：丞相啊，我剩下的时间恐怕不多了，我想跟你说几句心里话。你的才气是曹丕的十倍，一定会看到统一的那天。至于我那儿子，能行就行，不行……不行，你就直接把皇位拿过来吧。

扫码听乐死人的故事

嵇　康

因为耿直犯死罪

224 年—263 年，字叔夜

称　号：嵇中散①，"竹林七贤"[1]之一
籍　贯：谯国铚县（今安徽省濉溪县）
代表作：《与山巨源绝交书》
　　　　《幽愤诗》
　　　　《琴赋》

---

① 嵇中散：嵇康曾担任过中散大夫，故称嵇中散。

牛人时间轴

嵇康这辈子

224年 0岁
嵇康出生于一个士族家庭，刚生下来不久，父亲就去世了，由母亲和兄长抚养长大。嵇康从小喜爱音乐，擅长演奏乐器。

244年 20岁
与阮籍、山涛结识，成了志同道合的好朋友。

247年 23岁
娶长乐亭主①为妻，拜为郎中。由于长乐亭主天生有一种优越感和贵族气质，嵇康和她的感情并不十分和睦。

249年 25岁
嵇康不愿与专权的司马氏同流合污，隐居山阳。

① 长乐亭主：魏沛穆王曹林孙女、曹操曾孙女，嫁给嵇康。

牛人时间轴

252年 28岁
嵇康不理睬锺会的拜访,为后来埋下祸根。

261年 37岁
山涛举荐嵇康到司马昭手下做官,嵇康非常生气,写下《与山巨源绝交书》,决心与山涛断绝关系并拒绝为官。

263年 39岁
嵇康因受吕安案牵连,被捕入狱,后又被锺会陷害,被司马昭杀死。临死前他神情自若,毫不畏惧,弹奏《广陵散》这古琴名曲。

怎么就被害死了呢

庄子

这是谁呀？打断了我的美梦，正梦见自己变成蝴蝶呢，真讨厌！

庄老先生，我是您的粉丝嵇康呀，我非常推崇您的道家思想，今天是特地来向您求教的。

嵇康

庄子

哦，嵇康？你是遇到什么麻烦了吗？

是的，庄老先生，我摊上大事儿了，为此还要了我的命。

嵇康

庄子

那么严重？快跟我说说，让我帮你出出主意。

此事说来话长啊！有一次我和好哥们儿向秀在我家院里的柳树下打铁，有个叫锺会的大官带了一群人过来拜访我。我早就听说过锺会，这小子为了升官简直不择手段，他来找我肯定没啥好事儿。我没有搭理他，继续打铁。后来我看他准

嵇康

备走了，就问他："你是听说了什么才来的，你又看见了什么才走的？"锺会说："听说了我所听说的而来，看见了我所看见的才走①。"

嵇 康

庄 子

你俩是在玩绕口令呢？不过我能听出来，锺会肯定对你有意见了。那接下来发生什么了呢？

嵇 康

　　我有一个好朋友叫吕安，他哥哥吕巽（xùn）犯了法，将吕安的妻子给逼死了。于是这个吕巽怕他弟弟告他，就让我在他们兄弟中间调解，我看他有悔恨之意，就劝吕安原谅他。而他却恶人先告状，诬陷吕安，说吕安不孝顺母亲，按照我们当时的法令，不孝可是天大的罪过，于是吕安就被捕入狱了。我怎么能忍受好友被冤，连忙去官府澄清事实。我却也不明不白地被关进监狱了。这时锺会趁机在司马昭面前说我坏话，说我不与他们合作其实是想谋反，我就这样莫名其妙地被判了死刑。

---

① 良久，会去，康谓曰："何所闻而来？何所见而去？"会曰："闻所闻而来，见所见而去。"——《晋书·嵇康传》

超级访谈

庄子

那你确实是够倒霉的,这个锺会也真是小心眼儿,就算你不喜欢他,他也不至于把你置于死地吧。

嵇康

唉,我沦落到这种地步,也不完全是因为锺会,还有我自己的原因。我在大牢里写下了一首长诗。

庄子

哦?那你念给我听听呗。

嵇康

太长了,我就给您念个开头吧!

幽愤诗

嗟余薄祜①,少遭不造②。哀茕③靡识,越在襁褓④。母兄鞠育⑤,有慈无威。恃爱肆姐⑥,不训不师。爰⑦及冠带,冯⑧宠自放。抗心⑨希古,任其所尚。托好老庄,贱物贵身。志在守朴,养素全真。

---

① 祜(hù):福。
② 不造:不幸,此之嵇康丧父事。
③ 茕(qióng):孤独。
④ 襁褓(qiǎng bǎo):包裹婴儿的被子,古代泛指1岁以下的幼童。
⑤ 鞠(jū)育:抚育。
⑥ 姐:娇。
⑦ 爰(yuán):及。
⑧ 冯(píng):同"凭"。
⑨ 抗心:高尚自己的心志。

嵇康

唉,我这个人真是没福气,很小的时候就失去了父亲。当时不懂得悲伤孤独,在襁褓中由母亲抚养长大。母亲和兄长尽心尽力养育我,只有慈爱没有训斥。我倚仗着这种慈爱娇惯放纵,没有接受过严师的教诲训诫。等到我成年戴冠束带,仍然凭借这种宠爱自我放荡。我心性颇高,仰慕古代的贤人,崇尚哪位古人,任由自己选择。我喜欢的是老子和庄子的学说,看轻名利,看重自己的内心。我的志向在于守住自己朴素的本质而保全自己的真性。

庄子

我听明白了,这么说来你的不幸遭遇,我多多少少也有一些责任。你是因为喜欢我们道家的学说主张,才格外看不起锺会这种追名逐利之徒的。

嵇康

要不说您是我的知己呢。其实我并没有真正做到您说的那样,您说世间万物没有那么多明确的是非对错①,可是我还是把是非善恶分得很清楚,以至于最后变成这样的下场。当初吕安、吕巽的家事,我就不该插手,这样就不会有后面的事情了。

---

① 世间万物没有那么多明确的是非对错:此亦一是非,彼亦一是非。——《庄子·齐物论》

超级访谈

庄子

你也别这么想,你以赤诚之心对待朋友,也是特别难能可贵的。嵇康老弟放心,你一定会名传后世的。

谢谢您,庄先生,跟您说说话,我就舒服多了。下次还找您聊天。

嵇康

真假绝交

我有一位好朋友，名叫山涛，字巨源，我们彼此兴趣相投，成了至交。后来山涛大哥做了官，当然，凭我对他的了解，一定是一位清正廉洁的好官。愿意做官是他的选择，不愿意做官是我的选择。

司马昭得知山涛是我的知己好友后，竟然命令他劝我来做官。这就让我左右为难了，接受山涛的邀请吧，太违背自己的心意了；不接受吧，又害怕司马昭因此迁怒于我的好朋友。在这样的情况下，机智的我想出了一个好办法，就是跟山涛绝交、划清界限。这样我既不用去做官，也可以保护山涛不受伤害。我立刻写了一封《与山巨源绝交书》。

在这封信里，我说出了自己不愿做官的理由，有"七不堪"和"二不可"，也就是"七个受不了"和"两个做不到"。

卧喜晚起，而当关呼之不置，一不堪也。

我喜欢睡懒觉，做官之后，每到早晨，看门的差役就会大呼小叫喊我起床，真是受不了。

 特别推荐

> 抱琴行吟，弋钓草野，而吏卒守之，
> 不得妄动，二不堪也。

我喜欢抱着心爱的古琴四处游荡，边走边唱。喜欢到野外捕鸟钓鱼。做官之后身边老是跟着小吏，一点自由都没有，真是受不了。

> 危坐一时，痹不得摇，性复多虱，把搔无已，
> 而当裹以章服，揖拜上官，三不堪也。

做官之后，人要正襟危坐，腿都坐麻了也不能动。而且我不喜欢洗澡，身上总是长虱子，痒起来要挠个没完，如果再穿上厚厚的官服，去拜见上级领导，那不得活活痒死我，真是受不了。

> 素不便书，又不喜作书，而人间多事，堆案盈机，
> 不相酬答，则犯教伤义，欲自勉强，则不能久，
> 四不堪也。

我向来不善于写信，也不喜欢写信，但做官以后，要处理很多世俗的事情，公文信札堆满案桌。如果不去

应酬，就很失礼；如果勉强应酬，我自己又坚持不了多久，真是受不了。

> 不喜吊丧，而人道以此为重，已为未见恕者所怨，至欲见中伤者，虽瞿①然自责，然性不可化，欲降心顺俗，则诡故不情，亦终不能获无咎无誉如此，五不堪也。

大家对吊丧这件事都非常重视，但我就不把它当回事儿。所以就有很多人看不惯我，甚至对我恶意中伤。虽然我自己也觉得这样不太好，但本性还是不能改变。我又想强迫自己和大家一样，但又实在不愿意违背本心。所以就造成这样一种局面：如果我违背本心，和大家一样，也没人表扬我；如果我按本性做事，大家又要骂我。真是受不了！

> 不喜俗人，而当与之共事，或宾客盈坐，鸣声聒（guō）耳，嚣尘臭处，千变百伎（jī），在人目前，六不堪也。

我不喜欢俗人，但做官以后，就要跟他们在一起做事。经常是一个屋子里坐满了人，耳朵里都是嘈杂喧闹的

---

① 瞿（jù）：惊恐，惊惧，这里是谦辞。

特别推荐

声音,人们在这里钩心斗角、拍马溜须,真是受不了。

> 心不耐烦,而官事鞅掌,机务缠其心,
> 世故繁其虑,七不堪也。

我天生就喜欢清静,不喜欢杂事太多。但做官以后,公事繁忙,政务整天萦绕在心上,世俗的交往也要花费很多精力,真是受不了。

> 又每非汤武而薄周孔,在人间不止,
> 此事会显世教所不容,此甚不可一也。

我常常会忍不住说一些商汤、周武王、周公、孔子的坏话,倒不是我对他们四人本身有多大的意见,而是司马氏的所作所为让我想起了他们。商汤推翻了夏朝,周武王推翻了商朝,这不是跟司马氏想要推翻魏朝一样吗?周公制定了用来治理天下的周礼,孔子大力弘扬和提倡周礼,如今司马氏也在强调要以礼教来治天下,但司马家族的所作所为,有半点儿守礼的样子吗?礼教不过是他们夺权后用来安定人心的一种工具罢了。唉,不过就算我对司马氏的做法再愤愤不平,也不能直接说出来,只能用批评商汤、周武王、周公、孔子含蓄的方式来表达。而这四人,

是世俗观念中的圣人，我天天说他们的坏话，世俗礼教必定容不下我。所以这官儿，我是真不能去做啊。

> 刚肠疾恶，轻肆直言，遇事便发，此甚不可二也。

我的性格倔强，憎恨坏人坏事，说话轻率放肆，直言不讳，碰到看不惯的事情脾气就要发作。这样，真的不适合做官啊！

写完这些心里话，我的心情真是舒畅啊。山涛收到信之后，果然没有再拉我去做官。身边的人也都认为我和山涛是真的绝交了。哈哈，我的目的达到了。

后来在我即将遇害的时候，我的儿子嵇绍还非常小。我把他托付给了山涛，对幼小的孩子说，只要你山涛伯伯在，你就是个有父亲的人。这是对好友发自内心的信任。山涛，想必他心里也特别清楚，我的那封信是"假绝交"。

文苑杂谈

名曲背后的故事

战国时期，有个勇士名叫聂政。他的父亲为韩王铸剑，没有在规定的时间内完成，被韩王杀害。聂政长大后，决心为父亲报仇。听说韩王喜欢音乐，聂政就进入深山拜师学琴，终于练就了极高的奏琴技艺，名扬韩国。韩王听说后，召他进宫演奏。聂政趁韩王听得入迷，从琴箱中抽出暗藏的匕首，猛地刺死了韩王。为了不让人认出自己，以免连累亲人、朋友，聂政先用匕首刺毁面容，然后才自刎而死。

后人为了纪念聂政的勇敢与智谋，将他的故事谱成了曲子，曲调激昂，动人心魄，取名《广陵散》。

传闻，嵇康有一次在会稽山游玩，晚上住在山里的华阳亭，但怎么都睡不着，于是起床抚琴一曲，琴声优雅，引得一位自称"古人"的客人来到亭中。嵇康与客人畅谈音律，不亦乐乎，与此同时，客人还借嵇康的琴弹奏了一首古曲，其音慷慨激昂，气势宏伟。这首古曲正是《广陵散》，嵇康被深深地吸引了，请求客人将这首曲子传授给他。客人嘱咐嵇康，此曲只能自己演奏，不可外传给他人。

后来，嵇康被司马昭处以死刑。刑场上，千万人来送行，三千名太学生集体请愿，请求朝廷赦免他，并请求让嵇康来太学任教，但他们的这些请求并没有被应允。嵇康神色不变，如同平常一般。他向兄长嵇喜要来平时爱用的琴，最后弹奏了一次《广陵散》。铮铮的琴声、神秘的曲调，打动了在场的听众。一曲抚毕，嵇康把琴放下，叹息道："从前袁准想跟我学习《广陵散》，我因遵守承诺不肯教他，现在，《广陵散》要失传了……"

七嘴八舌

吕安：真对不住我的好兄弟嵇康，如果不是因为我家里的事，也不会连累他连命都丢了。

嵇绍：爸爸，您放心吧，山涛伯伯对我非常好，他不仅抚养我长大，还教我读书习武，让我成长为一个非常优秀的人。

聂政：关于我的故事，不只有一个版本，《史记》中说的就是另外一个版本。好奇的小读者快去查一查吧！

扫码看精彩视频

知识补丁

[1] 竹林七贤：指魏末晋初的七位名士，即嵇康、阮籍、山涛、向秀、刘伶、王戎、阮咸。他们在山阳县（今河南辉县、修武一带）竹林之中，喝酒纵歌，被称为"竹林七贤"。

阮　籍

永远叫不醒一个装醉的人

210年—263年，字嗣宗

称　号：阮步兵①，"竹林七贤"之一
籍　贯：陈留尉氏（今河南开封）
代表作：《咏怀诗》八十二首
　　　　《大人先生传》

---
① 阮步兵：阮籍曾任步兵校尉。

牛人时间轴

阮籍这辈子

210年 0岁
阮籍出生，他的父亲阮瑀是东汉著名的文学家，"建安七子"之一。

212年 2岁
父亲因病去世，母亲无依无靠，一个人养育阮籍。母亲的坚强和慈爱给阮籍不幸的童年带来了温暖和抚慰。

217年 7岁
阮籍天资聪慧，好学不倦，小小年纪就能写文章。他有时候读书劲头十足，把自己关在家里，好几个月都不出门。

239年 29岁
魏明帝曹叡去世，曹芳即位，曹爽、司马懿辅政。曹爽和司马懿二人明争暗斗，政局凶险。阮籍渐渐打消了出仕做官的念头。

牛人时间轴

242年 32岁
太尉蒋济力邀阮籍做官,阮籍推辞不过,只得应允。这是阮籍第一次出仕为官,不久告病辞官。

247年 37岁
辅政大臣曹爽邀请阮籍做官,被阮籍婉言拒绝。

256年 46岁
阮籍主动请求做步兵校尉。该官职不执重要兵权,所以不会引起司马氏猜疑。

260年① 50岁
司马氏想与阮籍联姻,阮籍大醉六十日,以此拖延搪塞。

263年 53岁
司马昭要加封晋国,逼迫阮籍写了《劝进表》,阮籍非常痛苦,就在写完《劝进表》之后的一两个月,抑郁而终。

---

① 260年:此事发生的具体时间不详,260年是笔者推测,仅供参考。

超级访谈

郁闷的我只能装傻充愣

曹雪芹

今晚月色这么好,出来散步真是让人心旷神怡啊!啊!我看见了谁?您、您是阮籍吗?我是您的粉丝啊!我可喜欢您了!您给我签个名吧!

停!等一下,你是谁啊?怎么进来的?保安!保安呢!

阮　籍

曹雪芹

别啊别啊,我是写了《红楼梦》的小曹啊,我特别喜欢您,因为崇拜您,我把自己的字都改成"梦阮"了!您就给我签个名吧!

哦,小曹啊,行行行,过来我给你签了名就赶紧走吧,别耽误我发愁。

阮　籍

曹雪芹

哎呀,阮先生,实话跟您说了吧,我就是看到您在月夜一个人站在这里,孤独寂寥,所以才想来看看,您到底在愁什么呢?您不是每天都请客喝酒吗?看起来挺高兴的啊。

阮籍

我也实话告诉你吧,那都是装出来的。司马家族的人一直对皇位虎视眈眈,他们为了争夺大权,将不满他们做法的人直接杀掉,一时间天下有才能的人差不多减了一半。我不愿违背心意,勉强自己屈从于司马氏。为了保全自己的小命,也为了守住自己的节操,我只能经常把自己灌醉,醉醺醺地装成啥都不知道的样子。有一次司马昭非要和我结为亲家,我为了躲避这门亲事开始拼命地喝酒,每天都是酩酊大醉,不省人事,一连六十天,天天如此,那个奉命前来提亲的人根本就没法向我开口,这才把这门亲事搅黄了,要不然,你以为我现在还能在这儿弹琴?早就被其他有气节的文人的唾沫给淹死了!

曹雪芹

哦,原来是这样,我好像可以体会一点了。那您现在月夜弹琴,辗转难眠,也是因为司马氏政权黑暗,不能施展您的抱负吗?

阮籍

是啊,就因为这事儿,我心中愁闷,到了半夜都睡不着,就起来弹琴。这不,正好被你撞见了。我弹着琴,明亮的月光透过薄薄的帐幔照

超级访谈

进来,夜间的清风吹拂着我的衣襟。我一边弹着琴,一边想着心事,又听到失群的大雁在野外悲号,窗外飞过的鸟儿忧伤地鸣叫着。我心中愁苦,就放下琴,在屋里踱步,可是,这样走来走去,又能看到什么呢?不过是独自伤心罢了。想来想去,我心中的郁闷没法发泄出来,只好写了一首诗:

阮 籍

咏 怀

夜中不能寐,起坐弹鸣琴。

薄帷鉴明月①,清风吹我襟。

孤鸿②号③外野,翔鸟④鸣北林⑤。

徘徊将何见?忧思独伤心。

---

① 薄帷鉴明月:明亮的月光透过薄薄的帐幔照了进来。薄帷,薄薄的帐幔。鉴,照。
② 孤鸿:失群的大雁。
③ 号:鸣叫、哀号。
④ 翔鸟:飞翔盘旋着的鸟。
⑤ 北林:出自《诗经·秦风·晨风》中:"鴥(yù)彼晨风,郁彼北林。未见君子,忧心钦钦。如何如何,忘我实多!"后人往往用"北林"一词表示忧伤。

曹雪芹

啊!要不是您说,我只会觉得您是半夜睡不着,才会发这一通感慨呢。您为什么把诗歌写得这么委婉含蓄啊?可能有很多人都不知道您的真正心情。

唉,刚才不是跟你说过了吗?司马氏小气得很,容不下跟他们意见不一样的人,我要是公然表示对他们的不满,那不就是找死吗?

阮 籍

曹雪芹

我懂了!这样看起来,我还算比您好一点,虽然家境败落,但也不用像您那样拼命忍着怒气。

唉,过去了过去了,不说了,走吧,反正也睡不着了,咱哥俩去喝一杯!不醉不归!

阮 籍

特别推荐

用眼睛把你杀死

我这人呢，任性豪放，不受约束，与众不同。比如说，你们要是讨厌一个人，可能会骂他，会说他坏话，我才不这样，骂人多俗啊，我要是表达好恶，就直接用青白眼。怎么个用法呢？我要是喜欢一个人，觉得他和我志同道合，我就会用黑眼珠直视他，就是青眼；但如果这人太世俗，让我讨厌，我就冲他翻白眼，根本不看

他,这就是白眼。好多人都被我用白眼瞪过呢!

我母亲去世那天,嵇康的哥哥嵇喜过来吊丧,他特别爱钱,爱当官,我特别烦他,所以他一来,我就冲他翻白眼,翻了好几个,我眼睛都要抽筋了,他才灰溜溜地走了。正好,那天嵇康也来了,他倒是和他哥哥不一样,知道我讨厌那些烦琐的丧礼禁忌,于是提着酒、抱着琴就来吊丧了。真不愧是我的知己,他还没到门口呢,我马上就用青眼去迎接他。要知道,在我这个时代,丧礼的时候是不允许有酒和音乐的,我却偏偏和嵇康一起喝酒弹琴,从这里就可以看出我有多狂放了吧!

然而,像我这么狂放的人是很孤独的。如今政治形势险恶,天下好多有才能的人都被杀了,放眼整个天下,我的知己少之又少,所以我常常会觉得很孤独。有一次,我一个人坐在高堂之上,找了一圈,没有找到一个可以和我一起高兴欢畅的人。我一个人出了门,面对着长路,竟然看不见任何车马。登上一座小山,看着四周的景色,旷野茫茫,只有孤单的飞鸟和失群的走兽。看着这样的景色,我放眼四周,天地间好像只有我一个人一样,格外的凄惨寂寞。正好是日暮,我想起我的亲朋好友,想要和他们谈心聊天,他们却不在,我只好自言自语,写了首诗,来发泄我心中的孤独愁苦:

特别推荐

咏 怀

独坐空堂上，谁可与欢者。
出门临①永路②，不见行车马。
登高望九州③，悠悠分旷野。
孤鸟西北飞，离兽④东南下。
日暮思亲友，晤言⑤用自写⑥。

我真希望现在有个理解我的人在我身边，和我聊聊天啊。但是，就算我现在这么孤独寂寞，我也绝对不会和司马氏他们同流合污，绝对不会改变我狂放不羁的性格！

---

① 临：面对。
② 永路：长路。
③ 九州：我国古代分为九州，冀州、兖州、青州、徐州、扬州、豫州、荆州、梁州、雍州。这里是指极目远望。
④ 离兽：离群的孤兽。
⑤ 晤言：对坐谈话。
⑥ 自写：消除。

千古"醉"人

阮籍曾任步兵校尉,所以又称"阮步兵"。要知道阮籍可是一直不愿意做官的,可为什么又愿意做步兵校尉呢?阮籍有两个理由:第一,步兵校尉是负责皇宫安保事宜的侍卫队长,但此时司马氏掌握大权,皇帝只不过是个傀儡而已,所以步兵校尉只是个无关紧要的职位,担任此职,可以远离政治漩涡,保全自身。第二个理由就更有意思了,就是阮籍想喝军营里免费的美酒。他听说步兵营里的厨子酿得一手好酒,储藏着多达三百斛的美酒,这对爱喝酒的阮籍来说可是莫大的诱惑。

阮籍做了步兵校尉以后,常常去司马昭的将军府中游玩。但凡将军府中有什么宴会,阮籍总是乐呵呵地去参加,不错过一次宴会。而在宴会中,司马昭总是端端正正地坐在席位上,而阮籍却两腿一伸,随随便便地坐在席位上,旁若无人地大声歌唱,肆无忌惮地大口喝酒,无所顾忌,神态自若,简直不拿自己当客人。

中国古代文人中的"酒鬼"可不止这一个,李白一生嗜酒,与酒结下了不解之缘。杜甫在《饮中八仙歌》

文苑杂谈

中就这样写道:"李白斗酒诗百篇,长安市上酒家眠。天子呼来不上船,自称臣是酒中仙。"李白真是够骄傲的呀,皇帝都请不动他,还称自己是"酒仙",他喝完酒后,就能挥笔写诗了。可见没有酒就不会有我们的大"诗仙"了。于是为了称颂和怀念这位伟大的诗人,古时的酒店里都挂着"太白遗风""太白世家"的招牌,这种风俗一直流传到近代。

"竹林七贤"中的刘伶也是一个地地道道的大酒鬼。有一次,他的酒病发作得很厉害,要求妻子拿酒,他的妻子哭着把剩余的酒洒在地上,又摔破了酒瓶子,哭着劝他说:"你酒喝得太多了,不要命啦?快点戒了吧!"刘伶回答说:"好呀!可是靠我自己的力量是没法戒酒的,必须在神明前发誓,才能戒得掉。就烦你准备酒肉祭神吧。"他的妻子信以为真,听从了他的吩咐。于是刘伶把酒肉供在神桌前,跪下来祝告说:"天生刘伶,以酒为名;一饮一斛,五斗解酲。妇人之言,慎不可听。"老天生了我刘伶,因为爱酒才有大名声,一次要喝一斛,喝五斗才能解除馋酒病。妇道人家的话,可

文苑杂谈

千万不能听啊!说罢,拿起酒肉,大吃大喝起来,不一会儿便醉醺醺的了。估计当时他的妻子肯定哭也不是,笑也不是。

七嘴八舌

司马昭：阮籍，你到底跟不跟我合作，倒是给个痛快话啊！

嵇喜：我好心好意地去给阮籍的母亲吊丧，他却给了我一个大白眼，大家说气不气人！

厨子：大伙儿快来买我酿的酒啊，此酒是一宝，阮籍喝了都说好。

扫码听乐死人的故事

左 思

我丑，但我有才

约 250 年[①]—305 年，字太冲（又作泰冲），西晋太康时期

称　号："二十四友[1]"之一
评　价："左思风力[2]"
籍　贯：齐国临淄（今山东淄博）
代表作：《三都赋》
　　　　《咏史》八首
　　　　《招隐诗》
　　　　《杂诗》

---

① 约 250 年：史书中对此没有详细记载，此时间据清代严可均的考证。

牛人时间轴

左思这辈子

约250年 0岁

左思的远祖是战国时齐国贵族左公子,他家以前是贵族,可惜左思运气不好,等他出生的时候,他的父亲已经从贵族变成了一个小县令。

272年 22岁

左思的妹妹左棻(fēn)是个有名的才女,被晋武帝选入宫中,左思就跟着把家搬到了当时的京城洛阳,随后不久就担任了秘书郎①。

约280年② 30岁

左思写出《三都赋》,但人们都不看重,于是他寄给当时的名人大家看,得到称赞,震惊世人,富家大族争着传写,洛阳城内纸的价格都上升了,这就是所谓"洛阳纸贵"。

---

① 秘书郎:管理图书的收藏、抄写、校勘等工作的官员。
② 约280年:史书中对此没有详细记载,据清代严可均考证为280年。

牛人时间轴

约283年[1]
33岁
因为左思名气很大，陇西王司马泰就提拔他做了国子监祭酒[2]。

300年
50岁
贾谧在"八王之乱"[3]中被诛杀，左思无可依靠，就退居到宜春里专心研究典籍。

303年
53岁
叛贼张方带着军队打进洛阳，左思就举家搬到了冀州，对仕途彻底失望了。

305年
55岁
左思晚年住在冀州，可能是因为生活条件不好，生了病，最终因病去世了。

---

[1] 约283年：史书中没有详细记载，据王辉斌考证为283年。
[2] 国子监祭酒：管理国家教育机构的官员。

要是不丑，肯定是全民偶像

荆 轲

唉唉唉，丑八怪，我这好不容易来一趟，来！咱哥俩喝一杯！唉，听见没？说你呢丑八怪，你丑你不知道吗？对对对，就是你，别装傻，过来过来。

唉，我说你这人，怎么一点儿也不照顾照顾我的面子呢，亏我还把你写进了我的诗里，真是忘恩负义。

左 思

荆 轲

啊？你的诗？你是不是在诗里说我坏话了？不行不行，我得好好看看。哎呀，你这写得文绉绉的，我看不懂啊，来来来，丑八怪，给我讲讲呗？

哼，还说我是丑八怪，你自己不也是个土老帽儿！要不是咱俩是铁哥们儿，我才懒得理你。你可听好了啊，我把你写进我的诗里面了。你也知道，在我的时代，士族地位很高，

左 思

左思

庶族平民很难当上大官，而我又出身贫寒，虽然，我文章写得很好，却没法儿施展我的抱负，这让我很痛苦。而且，我对于那些空有其名却没有真本事的士族也很不满意，想到你在燕国的市井中酣畅饮酒，你的好朋友高渐离，也就是燕国的那个屠夫，在你旁边击筑，你和着他击筑的音乐放声高歌，旁若无人。虽然你当时还没有刺杀秦王，没有表现出壮士的气节，但你的举动也让你与社会上的一般人有所不同，天下四海都入不了你的眼，更不用说那些豪门贵族了。在我看来，那些尊贵的人就像尘埃一样，而那些贫贱之人的价值却重若千钧。想到你，我心中慷慨激愤，就写了这首诗：

咏史（其六）

荆轲饮燕市①，酒酣气益震。
哀歌和②渐离③，谓若傍无人。
虽无壮士节，与世亦殊伦④。

---

① 燕市：燕国的市集。
② 和：应和、唱和。
③ 渐离：高渐离，是燕国的屠夫，善于敲击"筑"这种乐器，是荆轲的好友。
④ 伦：辈、类。

超级访谈

高眄（miǎn）^①邈^②四海，豪右何足陈。
贵者虽自贵，视之若埃尘。
贱者虽自贱，重之若千钧^③。

左 思

荆 轲

哟哟哟，不错嘛，把我慷慨雄壮的气势都写出来了。唉，对了，我那天在路上听人提到你了，说什么"创成一体，垂式千秋"，这咋回事啊？听起来真是高大上啊。

啊，你又不懂了吧，这是在夸我呢，说我的咏史诗写得好，不光向班固、曹植他们学习，自己还进行了创新，是好多人模仿的对象呢！哼，想不到吧，就算是丑八怪，我也是个厉害的丑八怪！

左 思

荆 轲

哇，你这么厉害啊，可惜了，要是你长得不那么丑，说不定会成为全民偶像呢！

---

① 眄：斜着眼睛看。
② 邈：同"藐"，藐视。
③ 钧：古代的计量单位，三十斤是一钧。

嘿!说你土老帽儿你还真是土老帽儿。你不懂,外貌只是装饰,才华才是我的特色,就像你,虽然不识字,但是却有雄壮的气概,几千年以后都还有好多人称赞你呢!

行啦,咱哥俩说得差不多了,我也该走了,等你下回写出好诗来,咱哥俩再来喝一杯!

特别推荐

小树苗挡住大松树

在我生活的时代，要想做官，光靠才华是没有用的，因为当时实行的是"九品中正制"，这制度是曹丕在位时设立的。九品就是把人分成九个等级，分别是上上、上中、上下、中上、中中、中下、下上、下中、下下。中正就是有名望的推荐官，人的等级就是他们评定的。评定的标准是家世和状，状就是对于这个人品德和才能的评价。但是，由于当时中正都是大官担任，几乎都是门阀世家的人，因此，这些门阀世家就掌握了选官的权力，慢慢地，评定等级的时候，家世就越来越重要，而品德才能就越来越不受重视。

到了我这个时代，家世就几乎成了唯一的标准，只有那些爸爸爷爷是大官的人，才有机会当上官儿，就算这些官二代们啥都不会干，还是能拿很多工资。我听说有一个贵族公子哥儿，当了给皇帝养马的官，第一天去上班的时候，甚至都不认识马，还以为那是老虎呢，被吓得屁滚尿流。唉，我正好不太幸运，爸爸只是个小官，因此，就算我很有才，也没有机会做官，更不用说实现我那些理想抱负了，唉，想起这事儿我就觉得憋屈。

正好最近听朋友说附近有个地方景色很好，我便外出登高，希望借着美景缓解一下压抑的心情，要不然可真要被逼疯了。登上山顶，天高云淡，阳光灿烂，飞鸟往还，景色宜人，我正觉得通体舒畅，却看到了对面山上的一幅画面，心情顿时又沉了下去，郁闷得差点儿吐血，再不找个人说几句我就要被憋死了，于是我写下了这首诗：

特别推荐

咏史（其二）

郁郁涧①底松，离离②山上苗。
以彼径寸茎③，荫此百尺条。
世胄④蹑高位，英俊⑤沉下僚⑥。
地势使之然，由来非一朝。
金张⑦藉旧业，七叶珥（ěr）⑧汉貂。
冯公⑨岂不伟，白首不见招。

对面山脚下有一条河流，河边绿草如茵，有一棵高大的松树，长势旺盛，翠色喜人，而山顶上树木很少，只有矮小孱弱的树苗，像是随时都会被风刮倒一样。随着太阳的升起，山顶上那棵树苗的影子慢慢移动，竟然把山脚下那棵松树遮住了。看着这场景，我想到现在的社会，贵族子弟们都是高官厚禄，有才能的贫寒子弟却

---

① 涧：夹在两山之间的水沟。
② 离离：下垂的样子。
③ 径寸茎：一寸粗的茎秆。
④ 胄：后代。
⑤ 英俊：有才华的俊杰。
⑥ 下僚：低级官吏。
⑦ 金张：指西汉金日䃅和张汤两家的子孙。
⑧ 珥：插着。
⑨ 冯公：西汉时期的冯唐。

只能当个小官,这种由于地位造成的差距,并非一朝一夕形成的。就像汉代那个大忠臣金日䃅,他就是个特别忠诚孝顺的人,就因为他的美名,他的子孙七代都当了大官。还有当时的张汤,特别清廉,皇帝可赏识他了,就因为他的名声,他的子孙也都当了大官。我又想到汉代的冯唐,他才华卓著却没有被重用,等到汉武帝发现他的才华,请他去攻打匈奴的时候,他已经九十多岁了,再也没办法上战场了,这真是太可悲了!想到冯唐,我好像就看到未来的自己,因此,我就把他也写进了我的诗里,希望大家能够体会到我无奈悲伤的心情吧。

文苑杂谈

这是一个看脸的时代

魏晋时期是个文化繁荣的时期，也是个注重颜值的时期。当时有一个名叫潘安的人，他很有才，同时还是个绝世大美男。他一出门，街上全都是他的粉丝，人们都围着他的车子不让他走。当时不流行送花，倒是流行送果子，要是有姑娘向男子送果子，就表示对这个男子有好感。潘安一出门，女孩子们就纷纷往他的车子里扔果子，等潘安回到家，车子里的果子都装满了，这就是所谓的"掷果盈车"。可怜潘安，虽然买水果的钱省了，头上恐怕也被砸了不少包吧。

魏晋时期有才的人很多，有才又很帅的人也很多，但有才又丑的人却不多见，左思就是其中之一。左思到底有多丑呢？两个字：绝丑！左思和潘安是同时代的人，潘安出门时"掷果盈车"，左思知道了，有点羡慕，也出门去游玩，没想到，因为他太丑了，不但没有女孩子来送水果，反而招来了一群老太太朝他吐唾沫，按《世说新语》里的说法，就是"群妪齐共乱唾之"，没办法，左思只好狼狈地跑回家里去了。

还有一个大美男，名叫何晏，大约比潘安大五十岁。他是三国时期的魏国人，长得很俊美，尤其是皮肤特别

白皙,当时的人们都很怀疑,一个大男人怎么能这么白,一定是擦了粉。在那个时候,男人擦粉并不是特别稀奇的事儿,大才子曹植就很喜欢洗完澡以后在身上擦粉呢。当时的皇帝魏明帝特别无聊,也很想知道何晏是不是擦了粉,于是,他就在夏天特别热的时候把何晏召进宫里,赐给他一碗滚烫的热汤面,让他当场吃下去。何晏也不知道皇帝到底要干什么,又不能问,只好吭哧吭哧地吃起来,不一会儿就出了一身汗,但又不敢停下来,只好一边吃一边用袖子擦汗,人们就盯着他看,看到他擦了汗以后肤色一点也没变,甚至还更白更透亮了,这才相信他真的是天生丽质,于是后世的人就干脆称何晏为"傅粉何郎"了。幸好何晏不是生活在现代,要不然,那

可是完胜女明星啊,是不是所有的美白产品都会想找他代言啊,一年光代言费恐怕都得好几千万吧!

  虽然潘安和何晏都算是大帅哥了,但要说比他们还帅的,那还真有一个。这帅哥名叫卫玠,和潘安差不多生活在同一个时代。现在我们说一个人"帅死了",是夸张地说他很帅,但卫玠这个人,却真的是帅死的。卫玠和潘安、何晏不一样,他是个病弱美男,别人都是弱不禁风,他是弱不胜衣——身体弱到连自己身上的衣服都支撑不住。而且,他还特别内向,脸皮特薄,有一次,他要出门,一出去就被人们给围起来了,交通都被堵塞了,卫玠费了好大劲儿才从人群中挤出来回了家。他身体本来就不好,又被这么折腾了一顿,回到家就生了大病去世了,当时的人就把这事儿称作"看杀卫玠",这可真是活生生被自己给帅死的。如此看起来,这古代的粉丝可比现在的粉丝疯狂得多呢!

七嘴八舌

潘 安

唉，我说左思啊，你自己是个丑八怪你不知道吗？人贵有自知之明啊。

唉，我要是长成左思这样就好了，出门大家都躲着走，那我还能多活几年呢。

卫 玠

班 固

虽然我是第一个把"咏史"作为诗歌题目的人，但钟嵘却嫌弃我写得没有文采，现在看到左思写得这么好，咏史诗后继有人，真是高兴！

扫码听乐死人的故事

知识补丁

[1] 二十四友:"二十四友"是西晋时期依附于贾谧的一个群体,总共有二十四个当时很有名的人,比如陆机、陆云、潘安、石崇等,也被称为"金谷友"。贾谧是当时的一个大官,很有才华,是个文学青年,有人拍他马屁,说他才华特别特别高,他很高兴,就大宴宾客,召集了当时特别有才的二十四个人,组成了二十四友。但贾谧心肠歹毒,和当时的贾太后联合起来谋害太子,最后事情被发现,他也被杀了。他死了以后,二十四友中大部分人都受到了牵连,二十四友也就散了。

[2] 左思风力:这是魏晋南北朝时期南朝人钟嵘在《诗品》中对左思诗歌的评价。"左思风力"的意思就是说他的诗歌情感充沛,气势雄壮。当时流行的诗都很华丽,左思的诗却风格豪迈,与众不同,这就是所谓的"左思风力"。

[3] 八王之乱:"八王之乱"是西晋时期由汝南王司马亮、东海王司马越等八王挑起的内乱,是中国历史上最为严重的皇族内乱之一,持续了十六年,导致西晋亡国。

陶渊明

第一个隐居的诗人

约 365 年—427 年，字元亮

称　号：靖节先生、五柳先生
籍　贯：浔阳柴桑（今属江西九江）
代表作：《归园田居》
　　　　《饮酒》
　　　　《五柳先生传》
　　　　《桃花源记》

牛人时间轴

陶渊明这辈子

约365年
0岁

陶渊明出生在一个家道中落的庶族地主家庭，他的曾祖父是晋代著名军事家陶侃。到陶渊明出生时，陶家已经大不如前。

374年
9岁

父亲去世，陶渊明与母亲、妹妹一起住在外祖父孟嘉家里。孟嘉是当时的名士，藏书很多，为人处世也很有风度。孟嘉的个性、修养影响了陶渊明的成长。

393年
28岁

陶渊明怀着"大济苍生"的愿望，出任江州祭酒。当时的门阀制度森严，陶渊明因为出身庶族，被人轻视，才华不能完全展示。一气之下，便辞职回家了。

400年
35岁

陶渊明听说桓玄①还不错，就投入桓玄门下。后来才知道，桓玄不怀好意，正谋划篡夺东晋的政权。陶渊明气节很高，根本不愿做桓玄的心腹。这年冬天，因为母亲去世，陶渊明又辞职回家了。

405年
40岁

这年秋天，经叔父陶逵介绍，陶渊明出任彭泽县令。在彭泽县令任上时，有一次，他碰到浔阳郡督邮，陶渊明手下的人说，应该"束带迎之②"。陶渊明听了很感慨，说："我岂能为了五斗米，向这种乡里小人点头哈腰？！"于是，又辞职不干了。

① 桓玄：东晋将领，曾谋划篡夺晋位，后被杀，年仅三十六岁。
② 束带迎之：整理好衣服、帽子，庄重地去迎接。

 牛人时间轴

423年 58岁

陶渊明自从辞去彭泽县令以后，真正过上了隐居的生活，远离尘世，饮酒作诗。没有经济来源，就自己去种田。他的老朋友颜延之经过浔阳去看望他，临走时，给陶渊明留下了两万钱。等颜延之走后，陶渊明却把这些钱拿给酒家，全做了酒钱。

427年 62岁

陶渊明晚年，过着清贫或潇洒的田园生活，仍自然达观，甚至给自己写了三首《拟挽歌辞》。就是在这样的心态下，陶渊明走完了他生命中最后的时光。

超级访谈

瞧你说的,为种好这片地,我可没少花心思。跟你说,早晨天还不亮,我就下地了。一直忙到晚上,月亮升得老高,我才扛着锄头回家。干一天活把我累的,回来以后,衣服都被草上的露水弄湿了。

陶渊明

李白

真佩服你的毅力,那你的豆苗种得怎么样?

你来看看我的诗就知道啦:

陶渊明

归园田居(其三)

种豆南山下,草盛豆苗稀。

晨兴理荒秽①,带月荷②锄归。

道狭③草木长,夕露沾我衣。

衣沾不足惜,但使愿④无违。

---

① 秽:杂草。
② 荷(hè):用肩扛或担。
③ 狭:狭窄。
④ 愿:愿望,这里指作者隐居的愿望。

超级访谈

我自打从彭泽县令上退下来以后，真就断了做官的念头，只想着田里种的豆子、院子里那些瓜果了。现在我每天都扛着锄头去南山下的那片田锄草，那草都快要长疯了，几乎盖过了我那稀疏零落的豆苗。但那又有什么关系，只要我能开心快乐地在这田园之中就足够了！

陶渊明

李白

老陶，不得不说，你的境界是真高啊！你真正地做到了放下世间的功名利禄，而我还是做不到啊！

特别推荐

只有隐居，我才能看到人生的意义

人生难得一知己呀，后世都说我写的诗如何如何好，谁能体会我曾经经历过的那一段艰难时光呢。

静下来想想以前走过的路，年轻那会儿，总觉得要利用做官的机会，好好施展自己的才华。说心里话，为了积极入世，我没少在做官这件事上费心思，要么是不被看重，要么是遇到一些不怀好心的人。像桓玄那小子，天天憋着要谋朝篡位，我陶某人怎么能忍受这样的事情？真是岂有此理！

渐渐地，我发现，在这样的官任上，我根本实现不了自己的理想。大不了就辞职吧，辞职这样的事，我做过不止一次，最后一次是从彭泽县令那样一个芝麻小官的位置上退下来的。辞职以后，我找了一处地方，就隐居起来。虽然这个地方也有车马的喧闹，但我心境好，自然也就听不到这些浮躁的声响了。也有

一首诗,写出了我当时的心境:

饮酒(其五)

结庐①在人境,而无车马喧②。
问君何能尔③?心远地自偏④。
采菊东篱⑤下,悠然见南山。
山气日夕佳,飞鸟相与还。
此中有真意,欲辨⑥已忘言。

　　想起那些美好的时光,我总是沉醉不已。从东边的篱笆下,采一束菊花,悠悠然看到了南山。傍晚的山色真是秀丽呀,你看那飞鸟,幸福地结伴而还。在这时候,才真正领会到人生的真谛啊,我想要去分辨什么,却不知道该怎么表达了。

---

① 结庐:庐,房舍。结庐,建造房屋。
② 喧:喧哗、喧闹。
③ 尔:这样。
④ 偏:偏僻,指安静的隐居环境。
⑤ 篱(lí):篱笆。
⑥ 辨:分辨。

特别推荐

陶渊明,你到底叫啥名?

当你打开一本关于陶渊明的著作时,时常会看到这样一段介绍:"陶渊明(约365年—427年),字元亮,一说名潜,字渊明,自号'五柳先生',世称'靖节先生'。"

"一说名潜"是什么意思?当你看到"一说"如何如何的时候,实际上这个问题是存在争议的,就是不确定陶渊明叫什么名字,有人认为陶渊明的真名叫潜,渊明是他的字。

古人取字往往有这样几种情况:解释补充型;名字相反型;表明排行型。不管是"陶渊明,字元亮",还是"陶潜,字渊明",都属于解释补充型,从道理上讲,也非常合理。也有人指出,"陶潜"是后来陶渊明自己改的名字。

中国古代时有些十分有名的人,就像陶渊明这样,连名字都搞不清楚,又比如孟浩然,浩然是他的字还是他的名,也说不清楚了。那么,为什么会出现这种情况呢?大致可以分成以下几种情况:第一,年代久远,比如老子,有人说他叫李耳,有人说他叫老聃,因为时间太久远,怎么也说不清了;第二,没做过官,正史、档

知识补丁

案上没有明确的记载，比如鬼谷子，因为没做过官，正史、档案鲜有记载，他叫王诩，还是叫王禅，也说不清了。

不光名字搞不清楚，陶渊明的生年也搞不清楚。"约365"就是说，现在我们对陶渊明的生年是不确定的。陶渊明的情况还算好，起码卒年是清楚的。还有生年详卒年不详的情况，也有生年卒年都不详的，就如大文豪曹雪芹的介绍"约1715年—约1763年"，为了确定曹先生的生卒年，后人没少打笔仗。那么，最差的就是这种情况了：（生卒不详）。

七嘴八舌

颜延之

老陶啊，我留给你的那两万钱，听说你又拿去买酒了。是真的吗？你能不能让老弟省点心啊？

你们听好，我要改词儿啦，叫"渊明斗酒诗百篇"，"诗仙"的称号我也不要了，我要让给老陶！

李 白

白居易

老陶的实干精神值得我们好好学习，他可真是有决心的一位诗人呢。说不当官就不当了，说去种田就去种田了。虽然种得不怎么样吧，可人家真的是自己去实践呀，不像我们，光嘴上说，却懒得动。

扫码看精彩视频

瞧你种的那片豆苗

李白

　　他们天天说我能喝酒,还把"诗仙"这样一顶桂冠扣在了我的头上。今天要见陶渊明,可是真惭愧呢。人家老陶才是真正能喝酒、会喝酒的人哪!有一次,老陶酒渴如狂,甚至把头巾解下来去漉酒……这,我怎么能比呢?

　　是谁又在说我的坏话呢?爱喝酒的人,哪个没有点怪癖呢?小李呀,你也算爱喝酒的人,能不能对我理解一点,不要老在背后说坏话。小李来得正好,我这儿还有点酒没喝完呢,咱们再喝点?

陶渊明

李白

　　老陶啊,你看你都穷成啥样了,还顾得上喝酒。我是不愁,因为我有那么多粉丝,走到哪里都有人管饭。你看你种的那片地,豆苗的样子好可怜啊。你不会整天只顾喝酒,连地都不管了吧?

谢灵运

爱山爱水不爱做官

385年—433年,字灵运

称　号:谢康公、谢康乐
籍　贯:会稽始宁
　　　　[今绍兴嵊(shèng)州市]
代表作:《登池上楼》
　　　　《石壁精舍还湖中作》
　　　　《过始宁墅》

牛人时间轴

谢灵运这辈子

385年 0岁

谢灵运出生在一个贵族家庭,原名是谢公义,灵运是他的字,但因为字太有名,后世就渐渐都叫他谢灵运,反而忘了他的本名。

403年 18岁

谢灵运被封为康乐公,所以后世又叫他谢康公或者谢康乐。

407年 22岁

担任抚军将军①,又担任豫州②刺史刘毅的记室参军③。

413年 28岁

刘毅谋反,结果失败了,谢灵运因为没有参与谋反,就没有被追究,回到京城担任秘书丞。

---

① 抚军将军:魏晋南北朝时期设置有中军、镇军、抚军三个将军职位,地位很高。
② 豫州:今河南省的大部分地区。
③ 记室参军:掌管军队中的文书、记录、表彰等工作的官吏。

牛人时间轴

422年 37岁

皇帝死了,宋少帝继位,谢灵运在朝中被排挤,只好调出京城,担任永嘉郡①太守,当了一年官就回家隐居了。此时的谢灵运当不了大官,才华不能施展,内心悲愤,但要想归隐,又觉得不甘心,充满了矛盾纠结的心情。

424年 39岁

宋少帝死了,宋文帝继位,任命谢灵运为秘书监②,谢灵运却始终不肯去。

426年 41岁

宋文帝召谢灵运回朝,但谢灵运却不喜欢做官,总是宴饮游玩。

428年 43岁

谢灵运总是不好好干活,宋文帝终于受不了了,将他罢免。

---

① 永嘉郡:大约在今温州。
② 秘书监:管理国家书籍,并且负责编书的官吏。

牛人时间轴

431年
46岁

谢灵运被人诬陷,就上书向皇帝申辩,皇帝相信了他,没有追究,任命他当临川内史①。但他仍然到处游玩,不理政务,皇帝派人来找他,他竟然兴兵拒捕,犯了死罪。皇帝欣赏他的才华,没有杀他,只把他流放到了广州。

433年
48岁

谢灵运不想去广州,密谋着找人来救自己,结果被人发现。皇帝很生气,就以"叛逆"的罪名杀了他。

---

① 临川内史:临川在今江西省东部,内史相当于太守。

生病也想出去玩儿

王维：谢灵运！你在家吗？快出来快出来，我知道你今天没出去玩，你的登山专用鞋都在这儿摆着呢！别骗我了，快出来！

谢灵运：唉！你来了，进来进来，我酒都摆好了，就等你来呢！

王维：你忙什么呢？怎么才来开门？故意的吧？

谢灵运：你把我想成什么人了？我正做木工呢，想着把我那双登山鞋再改改，弄好看点儿，太入神了，就没听见你敲门。走走走，咱哥俩喝酒去！

王维：行！我听说你最近写了首诗？怎么样？让我看看？

谢灵运：行啊，正好，你这么厉害，给我改改！改一处就送你一壶酒，你可好好听着啊！我前段时间不是被排挤出京城，来这永嘉郡当了太守吗，真是太郁闷了。我觉得我的才华这么高，却没有地方施

谢灵运

展,还不如回去隐居,但真要回去隐居吧,我又觉得自己就这么回去太亏了,太不甘心。我就想着,你说这深渊里沉潜着的龙,姿态是多么悠闲啊,在天上高飞着的鸟儿,叫声多么响亮啊,我想停留在天空,却又比不上那鸟,觉得很惭愧,想要栖息在山谷里,却又比不了那龙,也很惭愧。想要去做官吧,智慧又不够,想要隐居种地吧,力气又太小。什么都不能干,理想也实现不了,真是苦闷。为了追求俸禄,我来到这么个穷地方,偏偏又生了病,不能出去,只能躺在床上,面对着这光秃秃的树林,真是烦死人了!实在无聊,我就写了首诗:

登池上楼

潜虬(qiú)①媚幽姿,飞鸿响②远音。

薄③霄愧云浮④,栖川怍⑤渊沉⑥。

进德⑦智所拙,退耕力不任。

徇禄⑧反穷海,卧疴(kē)⑨对空林。

---

① 虬:古代传说中有角的小龙,也有人说是没有角的小龙。

② 响:发出。

③ 薄:迫近、靠近。

④ 云浮:就是指飞鸿。

⑤ 怍:内心不安,惭愧。

⑥ 渊沉:指深渊中的潜龙。

⑦ 进德:增进道德,意思是在仕途上的进取。

⑧ 徇禄:追求俸禄官位。

⑨ 疴:病。

超级访谈

王维

这写得挺好啊!有什么可改的,然后呢?你无聊就去做鞋了?没看出来你还有这么个爱好啊?

唉,你就别逗我了。我生病的时候,每天都躺在床上蒙头睡大觉,连季节变换都不知道,有一次偶然拉开窗帘,向远处眺望,侧耳听窗外流水的声音,又看着远处巍峨的山岭,才发现已经到了春天。初春的阳光已经代替了冬天的冷风,新来的阳气也赶走了冬天的阴冷。不知不觉间,池塘里已经长出了青草,园子里柳树上的鸟儿也已经变了种类,多了好几种鸟叫。我就接着写了:

谢灵运

衾①枕昧②节候,褰(qiān)开③暂窥临。

倾耳聆波澜,举目眺岖嵚④。

初景⑤革绪风⑥,新阳改故阴。

池塘⑦生春草,园柳变鸣禽。

---

① 衾:被子。
② 昧:昏暗。
③ 褰开:揭开帷帘,打开窗子。
④ 岖(qū)嵚(qīn):山势险峻的样子。
⑤ 景:阳光。
⑥ 绪风:指遗留下来的风。
⑦ 塘:堤岸。

超级访谈

王维

哎呀,后人都说你"池塘生春草,园柳变鸣禽"这两句写得特别好,原来是这么来的!怪不得别人说你是第一个专门在诗里写山水的人,把山水景色写得特别好呢,原来如此啊!写得真是好,不得不服!

谢灵运

你也很厉害啊,写的田园生活可比我这山山水水有意思多了!看着这春天的景色,我却一点都高兴不起来,想起《诗经》里《七月》①这首豳(bīn)地的诗歌,真是让我伤悲啊,又想到《楚辞·招隐士》②这首楚地的诗歌,就更是让我感慨了。一个人住着,总觉得时间特长,离开了众人,也实在让人难以安心。坚持节操这事儿哪里仅仅是古人才能做到的呢?《易经》说:"遁世无闷",就是贤能的人隐居起来,就不会觉得烦闷,这话在我这里已经得到验证了。我把这想法也写进了诗里:

---

① 《七月》:《诗经·七月》主要讲述一年十二个月农民的生活、劳作过程,展示了农家生活的方方面面,突出表现了农民生活的艰辛。放在这里,就是表示如果要隐居生活,就会过得很辛苦。

② 《楚辞·招隐士》:《楚辞·招隐士》就是描写隐居时所面对的恶劣环境,希望能够得到皇帝的重用,能够有机会施展才华。

超级访谈

祁祁①伤豳（bīn）②歌，萋萋③感楚吟。
索居④易永久，离群难处心⑤。
持操⑥岂独古，无闷征⑦在今。

谢灵运

王维

咦？"遁世无闷"不是说没有烦恼吗？你刚刚还说心情不好呢？这不符合啊。

唉，我不是说了嘛，我又想当官，又想去隐居，矛盾纠结得不行，才这么说的啊。可纠结死我了，想出去登山玩！

谢灵运

王维

噢！原来这样啊！我说谢兄啊，你这生活态度可得好好改改了。要我说啊，你这可活得没人家陶公洒脱，人家当了官，最后觉得不行了当不下去了，马上就走，"不为五斗米折腰"，回家踏踏实实地种地，这多潇洒啊！你现在这样，倒和

---

① 祁祁：众多的样子。指《诗经·豳风·七月》中"春日迟迟，采蘩祁祁。"这句诗。
② 豳：豳地，古代地名，在今中国陕西省旬邑县西南地区。
③ 萋萋：茂盛的样子。
④ 索居：独居。
⑤ 处心：安心。
⑥ 持操：保持节操。
⑦ 征：验证、证明。

超级访谈

王维

李白差不多了,皇帝给他当大官,他就"仰天大笑出门去",皇帝不让他当官了,他就"金樽清酒斗十千,玉盘珍羞直万钱",又吃又喝,整日醉醺醺的,这心态可不好啊!实在不行,你学学我呗,要当官,也能当大官儿,要隐居,也能住别墅,仕隐两道都吃得开,不管走哪边都坦坦荡荡,总好过你在这儿纠结成这样儿啊!

唉,你说得对,是我太放不开了,想施展抱负,又没有机会,想回家隐居,又实在不甘心,这可真是纠结啊!好,我听你的,好好想一下以后要干什么。

谢灵运

王维

这样才对嘛!行了,你这诗也没什么好改的,你先好好养病,少喝点酒,少出去玩,等你病好了,我再来找你!

养生的三种境界

我是个有名的大诗人,这大家应该都知道吧?可我还是个资深的养生专家,大家不知道吧?这养生呢,可以分成三个阶段:第一阶段是药补,就是吃药,吃什么冬虫夏草啊、人参啊、雪莲啊,来大补特补;第二阶段是食补,比药补高级一点,就是吃一些养生的东西,比如少吃盐、少吃辣、少吃油什么的,单靠饮食来养生;第三阶段就是最高级的了,养心。心态平和了,自然身体也就好了。像唐代的大诗人柳宗元,就是心态不好,被贬官了就郁闷悲愤,才活了四十六岁就死了。要我说,这养心才是真正养生的好办法呢。我是在有一次看风景的时候悟到秘诀的,这完全是个偶然。

我特有才,这就不用我再强调了,大家都知道。但我在朝廷当官的时候,其他人看不上我,都排挤我。没办法,我就从京城调了出去,到永嘉郡做了太守。当了一年官,实在是太无聊了,我不想浪费自己的才华,就假装生病,回家隐居了。要知道,我可是家里有两座山的富二代!想干啥不行?回家以后,我就在北山上建了一个书斋,起了个名儿叫"石壁精舍",石壁那当然就是说北山了,精舍是指儒家学者给学生上课的地方,我

特别推荐

才华横溢,足以配得上这名儿了。有一次,我从这书斋回家的时候,路过园子里的巫湖,在湖上划船的时候,看着周围的景色,真是心旷神怡啊。我早上来到这里和晚上离开这里时,山水景色都不一样,各处的草木都闪着清灵的光芒。景色优美,使人愉悦,沉醉其中,甚至都忘了回去。我刚刚从山谷里出来的时候,时间还早,等我上了船,天就已经要黑了,四周的树木和山峰都沉入了暮色,飞动的云霞也已经不见了,荷叶和荷花相互映衬交错,蒲苇和稗草一起相依着生长。真是美啊!我把这美景写了下来:

石壁精舍还湖中作

昏旦变气候，山水含清晖[1]。
清晖能娱人，游子憺[2]忘归。
出谷日尚早，入舟阳已微。
林壑[3]敛暝色[4]，云霞收夕霏[5]。
芰[6]荷迭映蔚，蒲稗（bài）[7]相因依。

从船上下来，上了岸，草木太茂盛了，我只能用手拨开，在南边的小路上走动，愉快地进了东边的卧室，关上门，突然想起：把个人得失看得很淡薄，自然就会把事物看轻了，内心感到满足，就不会违背养生的道理。这可不就是养生的好办法嘛！我要把上面这些话送给想要保养身体的人，希望他们能用这个方法来养生。我就接着写了：

---

[1] 清晖：指山光水色。
[2] 憺（dàn）：安闲舒服。
[3] 壑：山谷。
[4] 暝色：暮色。
[5] 霏：飞动的云。
[6] 芰（jì）：水中的植物，古代有时候也会指菱角。
[7] 蒲稗：菖蒲和稗草。

特别推荐

> 披拂①趋南径,愉悦偃②东扉③。
> 虑澹④物自轻,意惬理⑤无违。
> 寄言摄生客⑥,试用此道推。

哈哈,希望大家天天都高高兴兴的,活得长长久久的!

---

① 披拂:用手拨开草木。
② 偃:关上。
③ 扉:门。
④ 澹(dàn):淡泊。
⑤ 理:指养生的道理。
⑥ 摄生客:探求养生之道的人。

资深玩家谢灵运

谢灵运特别喜欢四处游玩，因为他总是游山玩水，不干正事儿，惹怒了皇帝，最后引出一连串的事儿，就被杀了，从这就可以看出他有多喜欢玩儿，那具体来说他有多喜欢呢？

谢灵运出身贵族，家里特有钱，还有个很大的庄园，里面有两座山，一个叫南山，一个叫北山，山上有树有草，有花有鸟，阔气得不行！谢灵运还不满足，就派家丁把那片园子重新整理了一遍，修得特别豪华，真是财大气粗！他喜欢登山，为了方便登山，他造了一种登山专用的木头鞋，这种鞋的鞋底有两排齿，可以拆卸，上山的时候就把前面的齿去掉，这样就会省力一点，下山的时候就把后面的齿去掉，这样就可以防止打滑。后来人们就把这种鞋子叫作"谢公屐"。大诗人李白都在他的诗里提到过这种鞋子，就是《梦游天姥吟留别》里的"脚著谢公屐，身登青云梯。"穿着谢公屐就能登上高到云端的梯子，真是厉害！这要是放在现在，可比什么阿迪达斯、耐克、特步之类的厉害多了，光是专利费就可以赚上好几千万吧！

因为喜欢游玩，谢灵运还闹过不少笑话呢。因为他

文苑杂谈

有钱,所以出去玩的时候常常跟着几百个仆人,浩浩荡荡一大群,看起来可壮观了。有一次,他率领着仆人在南山上玩,玩着玩着玩高兴了,不知不觉地竟然就走到了旁边相邻的临海郡。一大群人吵吵闹闹,手里可能还拿着打算野炊的刀啊、锅啊什么的,结果被人当成了强盗,报到了临海郡的太守王秀那里。王秀一听,吓一大跳,竟然有强盗,还这么明目张胆!就赶紧带着兵去,想着把强盗抓起来。气喘吁吁跑啊跑,最后跑到了,才发现根本不是什么强盗,是康乐侯谢灵运带着人出来玩呢,总算是松了一大口气啊。谢灵运也真是奇人,出了这么大事儿,不但没道歉,还想着让王秀带着兵跟他一起游玩,王秀不去,谢灵运还嘲笑人家胆小,写了一句诗送给他:"邦君难地险,旅客易山行。"

　　中国古代喜欢游玩的文人不少,虽然不像谢灵运这么疯狂,但也有让人惊讶佩服的,比如王羲之,他特别喜欢和文人聚会。在古代,农历三月三的时候,人们都喜欢出来在水边玩,希望洗掉身上的不祥和疾病,这活动叫"修禊(xì)"。有一年三月三的时候,王羲之也找人来聚会,结果来了四十多个人,王羲之特别高兴,大笔一挥,就写了有名的《兰亭序》,这篇文章有21个"之"字,每一个都写得不一样,成了后人学习书法的模板。这次集会也成了历史上影响最大的一次文人游玩

集会。看看，随便叫人来游玩都能玩出个历史之"最"，可比现在去什么KTV厉害多了！

还有明代的袁宏道，对做官一直不怎么上心，天天想着游山玩水。他曾经说过"恋躯惜命，何用游山"，在他看来，玩得开心比命都重要！在他30岁那年，哥哥袁宗道写信给他，让他来京城做官，做官还不到一年，就把他给闷坏了。这个成长于江南的人，对北方漫长的冬季充满了嫌弃，因为不能出去玩啊！终于天气稍稍暖和了一些，袁宏道马上出城春游，像出了笼子的鸟儿①一样在广阔的天地间放飞自我。

由此看来，古时候的玩家个个不容小觑啊！

---

① 像出了笼子的鸟儿："一望空阔，若脱笼之鹄。"——《满井游记》（袁宏道）。

七嘴八舌

李白

谢兄！你发明的登山专用鞋真是实用！穿着它，腰不酸了，腿不疼了，爬山也有劲儿了。你赶紧申请个专利吧，我给你当代言人！

宋文帝

唉，灵运啊，你这么有才，我也不想杀你啊，但你老是在外面玩，不好好干活，还想着要造反，我不杀你不行啊！这是你贪玩惹的祸，别怪我啊！

临海郡太守

谢灵运可是康乐侯，皇帝惜才，出了事儿皇帝又不罚他，我这小小的太守，出了事儿可没人救我，我又不傻，才不跟他去玩呢！

扫码听乐死人的故事

南朝思妇

无药可救的相思病

王漂亮,生卒不详

称　号:思妇
籍　贯:齐国临淄(今山东淄博)
代表作:《西洲曲》

牛人时间轴

思妇这辈子

0岁 ● 出生于农家,有一个姐姐、一个妹妹,还有一个小弟弟,家庭生活很幸福。

13岁 ● 跟着母亲学习织素①,织出来的绢帛又轻又软,贤惠之名闻名乡里。

14岁 ● 在姐姐的指导下学习剪裁衣服,给母亲和姐姐都做了新衣服,样式新颖,色彩艳丽。

15岁 ● 母亲送她去跟乐师学习弹奏箜篌,她很有天分,很快就学会了,弹出来的音乐连乐师都十分赞赏。

① 织素:把蚕丝织成绢帛。

牛人时间轴

16 岁　　她对读书很感兴趣，母亲就为她买了几本书，让她在家里自己学习。她很聪明，自己学会了识字，会把书里的故事讲给弟弟妹妹听。

17 岁　　她嫁给了自己青梅竹马的恋人，婚后生活很美好。可是她刚刚怀孕，丈夫就要外出游学。

19 岁　　终于等到丈夫回来，一家团聚。

22 岁　　丈夫为了赚钱养家去外面经商，留下她一个人在家侍奉公公和婆婆，养育幼小的孩子。

23 岁　　丈夫赚到了钱回来，给她带了好看的绢帛，让她做新衣服穿。

27 岁　　丈夫被官府征去做劳役。

牛人时间轴

28岁 — 丈夫回家,发现她消瘦了不少。

32岁 — 遇上朝廷征兵,她的丈夫应征上了战场。

36岁 — 战争结束,她的丈夫回到了家,为她讲述战场上的见闻。

40岁 — 她因为过度劳累而身体虚弱,得了一场大病,她的丈夫儿女都陪着她,但她最终还是因病去世了。

真想念我丈夫啊

佰劳鸟

唉！妹妹、妹妹，你站在池塘边干什么？年纪轻轻的，可别想不开啊！你别跳，别跳啊！千万别跳啊！

嗯？你说什么呢？我不跳啊，我刚刚去采莲了，现在要上来，跳下去干什么？

思妇

佰劳鸟

哎呀，我就说嘛，你年纪轻轻，长得又好看，有什么想不开的。咦？你手里拿着什么？莲子吗？你采莲子干什么啊？

唉，你不知道，我丈夫到江北去经商，已经走了一年多了，我很想他，初春的时候想起西洲的梅花，就折了一枝寄给他，我穿着春天杏红色的薄衣，头发就像小乌鸦一样黑黑亮亮的。可是就算寄了梅花，我还是很想他，就写了首诗，开头就写了寄梅花这件事：

思妇

超级访谈

西洲曲

忆梅下西洲，折梅寄江北。
单衫杏子红，双鬓鸦雏①色。
西洲在何处？两桨桥头渡。

思 妇

伯劳鸟

咦？然后呢？你为什么又来采莲呢？

思 妇

唉，寄梅花给他还是早春的事情呢，现在都已经到夏天了，时间过得真快啊。我今天实在太想念他了，就想出去走一走，傍晚的时候正打算出门，还在院子里，就看到你形单影只地飞到了门前高高的乌桕树上。我头上佩着翠绿色头饰，打开门，心里还想着他会不会突然出现，但是门口却没有人，我失望至极，为了掩饰尴尬，我告诉家人我要出门采莲。这是我刚刚写的：

日暮伯劳飞，风吹乌桕（jiù）树。
树下即门前，门中露翠钿（diàn）②。
开门郎不至，出门采红莲。

---

① 鸦雏：幼小的鸦鸟，可以用来比喻女子黑发。
② 钿：古代一种嵌金花的首饰。

佰芳鸟

啊！是这样啊！我说我怎么被你写进诗里了，看来是我又勾起了你的思念之情啊！然后你又去干什么了呢？

思 妇

然后啊，我就去采莲了呀，秋天在南边池塘采莲，莲花长得比我还高，我低头拨弄莲花中的莲子，又把莲花放在自己的袖子里，就回来了，我把这事儿也写进了诗里：

采莲南塘秋，莲花过人头。
低头弄莲子，莲子清如水。
置莲怀袖中，莲心彻底红。

佰芳鸟

哎呀，你好浪漫啊，这里还用了谐音吧？我知道，你们写诗常常用谐音，你写的这个"莲子"，其实就是"怜子"吧，意思是怜爱你的丈夫吧？"莲心"也是吧，"怜心"，怜爱丈夫的心。哎呀哎呀，真是好浪漫啊！咦？你不好意思啦？哈哈哈哈哈，别害羞啊，这有什么不好意思的？

超级访谈

这都被你看出来了,真是厉害!我也没有什么不好意思的,就是太思念我的丈夫了。有时候太想他,我就会去高楼上坐一会儿,尤其是秋天的时候,天高云淡,高楼上景色很好,会让我的心情好一点儿。

思 妇

伯劳鸟

听起来也不错呀,但是你在楼上都干点什么呢?只是呆坐着吗?

我思念我的丈夫,他却久久地不回来,我站在高楼上,抬头看着天上的大雁。我登上这么高的楼,就是希望能够站得高一点,也许就能看见他呢!但是就算楼再高,我也看不见他,只能整日站在栏杆那里,想念我的丈夫。这楼上的栏杆有十二道,我的手搭在栏杆上,就像白玉一样温润好看。我卷起楼上的帘子,看着远处的海水,蓝莹莹的,真美啊。我在楼上接着写我刚刚的那首诗:

思 妇

忆郎郎不至,仰首望飞鸿。

鸿飞满西洲,望郎上青楼。

楼高望不见,尽日栏杆头。

栏杆十二曲,垂手明如玉。

卷帘天自高,海水摇空绿。

佰劳鸟

啊?那你天天这样等着,要等到什么时候啊?

我也不知道啊,但我一定会等着他的。我相信,我想念他的时候他也一定在想我,南风懂得我的思念,会把我的思念带给他,让他在梦里见到我的,就像我在诗的末尾所期盼的那样:

思 妇

海水梦悠悠,君愁我亦愁。
南风知我意,吹梦到西洲。

佰劳鸟

唉,我也帮不了你什么,你这天天下池塘、登高楼的,可千万要注意安全啊!我会天天来陪你的。

好,谢谢你了,跟你聊完天,感觉轻松了不少,我明天就把这首诗寄给我丈夫。

思 妇

特别推荐

我真是太幸福了

在这个时代,有很多和我命运相似的女子,丈夫会因为各种各样的原因不在身边,比如服劳役、服兵役、出门经商、外出游学,等等。只是我比较倒霉,我丈夫占了这其中三样,长年不在我身边。但是,别看我和我丈夫聚少离多,想当年,我们谈恋爱的时候,还是非常甜蜜的。

在我的这个时代,上层人士们结婚的时候,都要找和自己门第家世相当的人,而平民百姓就没这么多限制了,女孩子也可以自由地选择自己的爱人。因此,我小时候常常在外面玩,就认识了我的丈夫。我们是青梅竹马,从小就一起长大,他一直都很疼爱我,我也很喜欢他。

我还记得有一年冬天,天气特别冷,下着雪,我俩偷偷跑出去玩,一起跑到了一个小山上。我们就打着伞,坐在小山的凉亭上聊天。周围很安静,我和我喜欢的人坐在一起,真是高兴啊,很想对他说点什么。正好我看到山下湖泊里结着冰,想到我们的感情,不就像这冰一样坚固吗?又看到周围落满了雪,一片洁白,我们的感情不也像这雪一样纯洁吗?而那雪里的松树,尽管被雪压着,却还是那样挺拔,正像我对他的爱情一样坚贞啊!我就对他念了一首诗:

特别推荐

子夜四时歌·冬歌

渊①冰厚三尺,

素雪覆千里。

我心如松柏,

君情复何似?

听到我的话,他也笑着对我表明了心意,我真是太

---

① 渊:深水,潭。

特别推荐

幸福了!

　　这首诗传到了后代,后世以为这首诗是一个叫子夜的女子写的,还有另外几首写春天、夏天和秋天的诗,就把它们合起来叫作《子夜四时歌》。这首诗写的是冬天,所以就叫作《子夜四时歌·冬歌》。因为这个时代的民歌声调特别轻柔,写的景色也很清新秀丽,含蓄婉转,很有特色,因此,除了这几首以外,他们还收集了这个时代的其他民歌,合起来叫作南朝民歌,《西洲曲》《子夜四时歌》就是其中最有名的代表。

爱我，你怕了吗

华山下住着一个女子，长得特别美。有一天，一个帅哥从华山下经过，看到了她，对她一见钟情，可是这个女子很快就走了。

这帅哥回到家，天天想着这位女子，得了相思病，他妈妈一看，哎呀，我儿子这是怎么了啊？于是就去问他，他妈妈知道原因后，亲自去华山下找到了那个女子。那女子一听，啊？有这事儿？她想了想，就把自己用来遮挡膝盖的布巾给了帅哥的母亲，说："你去放在你儿子的被褥下面，他就会好了。"果然，被褥下放了布巾以后，帅哥的病就好了。这女子这么神奇，估计是个妖精。

后来，帅哥也特别无聊，闲着没事儿掀自己的被褥玩，发现了布巾，知道自己是因

文苑杂谈

为这块布巾病才好的,就发了疯,竟然把布巾给吃下去了,于是就死了。临死的时候还跟他妈妈说,下葬的时候要从华山那个女子的家门口过去,他要再看一眼那个女子。他妈妈心疼儿子,就听了他的话。等到下葬的时候,车子走到那个美女家门口,牛就不走了,那女子出来一看知道帅哥死了,就回去收拾梳洗,打扮得漂漂亮亮的,出来对着棺材唱了首歌,就是《华山畿》①:"华山畿(jī),君既为侬死,独活为谁施?欢若见怜时,棺木为侬开。"那个地方的人都把自己叫"侬",把自己的爱人叫"欢",这首歌的意思就是说在华山旁边,你既然为我死了,我一个人为谁活着呢?你要是可怜我,就为我把棺材打开。她唱完,那棺材果然就开了,女子就跳了进去,棺材又合上了,谁都打不开,最后大家没办法,就把两个人葬在了一起,这个墓就叫作"神女冢"。多可怜啊,要是搁现在,大家都有手机,要个手机号码就行了,两个人都不用死。

爱人死了自己也跟着死,已经算是非常坚贞了,但这还不算什么,还有更厉害的。《诗经》里有首诗叫《上邪》,是女子写给爱人的,她为了表示自己对爱人长久的爱,就发誓:直到山峰没有棱角、江水枯竭、冬天打

---

① 《华山畿》:南朝时流行在长江下游的传统爱情民歌。现存二十五首,这里所选的为第一首。

雷下雨、夏天下雪、天地合拢在一起，才会和爱人分手，就是有名的"山无陵①，江水为竭，冬雷阵阵，夏雨雪②，天地合，乃敢与君绝！"听听，这誓言多绝呀，不到世界末日，咱俩就不分手，放在现在，就是一部科幻大片啊！

① 陵：山峰、山顶。
② 雨雪：雨是指下雨下雪，雪是指雪花，雨雪就是下雪。

七嘴八舌

主持人

淑女大PK！一号选手思妇，长相美、性格好、会织素、能裁衣、通音律、懂诗书，还特别浪漫，快来给她投一票吧！

哎呀，咱俩商量一下，你能不能不要老跟我说你多想你丈夫呀？一天两天还行，你天天说，我耳朵都起茧子了。

伯劳鸟

大　山

唉，你爱就爱呗，干吗要让我没有山峰？没有山峰，我还叫山吗？你这人咋这样？！一点都不厚道！

扫码看精彩视频

木 兰

我可是女将军！

412 年—502 年[1]

称　号：军中奇女子

籍　贯：北魏宋州（今河南商丘虞城县）

主要事迹：替父从军

牛人时间轴

木兰这辈子

412年①
0岁
木兰出生在一个普通人的家庭，有一个姐姐和一个弟弟。

422年
10岁
木兰从小被父亲当成男孩子来培养，一直跟着父亲学习武艺，骑马射箭，样样都学。

423年
11岁
学会识字以后，木兰喜欢看父亲的兵书，跟着父亲研究兵法，学得兴致勃勃。

427年
15岁
皇帝下诏征军，要求每家出一个人，但木兰父亲年纪大了，弟弟又小，所以木兰决定女扮男装，代替父亲去参军。

---

① 由于木兰具体生平事迹无考，本时间轴为笔者根据已有史料合理虚构，旨在为读者呈现更为形象化的木兰。

牛人时间轴

430年 18岁
木兰在战场上受了重伤，差点被战友发现她是个女子，幸好她巧妙地找了个借口，遮掩过去了。后来，因为她太勇敢，武艺高强，再也没有人怀疑她是女子了。

432年 20岁
因为作战勇敢，木兰被提拔做了将军，治军有方，战士们都很佩服她。

437年 25岁
木兰率领军队打败了敌人，胜利回朝。回去以后，皇帝很赏识她，想要让她做尚书郎①，她没有同意，只要求皇帝派人送她回家。

452年 40岁
木兰在家过得很好，孝顺父母，养育弟妹，乡里人都很佩服她。

502年 90岁
木兰活了很久，最后寿终正寝，乡里人对她的评价都很好，有很多人来给她送葬。

---
① 尚书郎：负责在皇帝身边处理政务的官吏，地位很高。

超级访谈

女将归来！

隔壁李二婶儿

呦……木兰，木兰哪！你可回来啦！你真厉害呀，我一路上听见好多人都在说你的事儿，说你是女将军呢！

是啊，我回来了，在外面打了十年仗，现在终于回家了！

木 兰

隔壁李二婶儿

你可真是女中豪杰呀！可是，当兵打仗的都是男人，你一个女孩子，当时是怎么混进军队里的呀？

婶儿，你又不是不知道，我以前在家的时候也像平常的女孩儿一样，会织布，会裁衣，也会照顾弟弟。那天，敌人入侵，皇帝下了诏书，发了军帖，要求各家必须有一个男子去参军打仗，军帖中就有我爹爹的名字。可是我爹爹年纪大了，我实在不忍心他老人家上战场，弟弟还小，也不能去参军，我只能女扮男装，替爹爹上战场。

木 兰

也就是诗里写的：

木兰诗

唧唧复唧唧①，木兰当户织。

不闻机杼（zhù）②声，惟闻女叹息。

问女何所思，问女何所忆。

女亦无所思，女亦无所忆。

昨夜见军帖③，可汗大点兵，

军书十二卷，卷卷有爷名。

阿爷无大儿，木兰无长兄，

愿为市④鞍马，从此替爷征。

木 兰

隔壁李二婶儿

你可真是你爹的好闺女啊，绝对是贴心小棉袄。

木 兰

唉，爹爹和阿娘养育我长大，我怎么能不孝顺呢？决定要替爹爹去参军时，我就去买了上战场的装备，在市集上买了骏马、马鞍、辔头和马鞭，就是：

---

① 唧唧：纺织机的声音。
② 杼：织布梭子。
③ 军帖：征兵的文书。
④ 市：买。

超级访谈

木 兰

东市买骏马,西市买鞍鞯(jiān)①,

南市买辔(pèi)头②,北市买长鞭。

一切都准备好了,我就出发了。早上告别了爹爹和阿娘,我跟着大部队一路上走得飞快,晚上就到了黄河边上。我听不到爹娘呼唤我的声音,只能听到黄河流水拍击石头的声音。第二天早上离开黄河,晚上就到了黑山头,仍然听不到爹娘呼唤我的声音,只能听到燕山那里敌人骑兵的声音。在诗里是这么写的:

旦③辞爷娘去,暮宿黄河边,

不闻爷娘唤女声,但闻黄河流水鸣溅溅。

旦辞黄河去,暮至黑山头,

不闻爷娘唤女声,但闻燕山胡骑鸣啾啾。"

隔壁李二婶儿

哎呀,你走了这些年、跑了这些路,你是咋熬过来的呀?婶儿心疼你啊。

---

① 鞍鞯:马鞍,马鞍下的垫子。
② 辔头:驾驭牲口用的嚼子、笼头和缰绳。
③ 旦:早上。

超级访谈

木兰

是啊，那时候也很想家，但到了战场上，要专心对敌，就没有时间再想了。我不远万里奔赴战场，翻越重重山峰就像飞起来那样迅速。北方寒冷无比，夜里有着打更的声音，月光映照着战士们的铠甲，寒光透彻。将士们身经百战，有的为国捐躯，战死在沙场上，有的转战多年，终于胜利归来。也就是：

> 万里赴戎机①，关山度若飞。
> 朔气②传金柝（tuò）③，寒光照铁衣。
> 将军百战死，壮士十年归。

隔壁李二婶儿

你可真是女汉子啊，别看婶儿比你壮，要真到了战场上，我还真不如你灵便。

木兰

我回来以后，在朝堂上见到天子，因为作战勇猛，功业卓著，天子给我记了很大的功劳，还赏赐给我千百金。天子问我想要什么，我说不想当大官，只希望骑上千里马，赶紧回到家乡去。诗里是这么写这一段的：

---

① 戎机：指战争。
② 朔气：一般是指寒气。
③ 金柝：也就是刁斗，是古代军中夜间报更用的东西。

超级访谈

归来见天子,天子坐明堂。
策勋①十二转,赏赐百千强。
可汗问所欲,木兰不用尚书郎,
愿驰千里足,送儿还故乡。

木 兰

隔壁李二姊儿

哎呀,高官厚禄你都不要啦,是不是因为想家啊?这些年,你爹娘也是不容易,整天提心吊胆的。

木 兰

也是苦了他们了。我爹娘听到我回来,相互搀扶着走出城门来迎接我,姐姐听到我回来,就赶紧在窗户前整理妆容,弟弟听见我回来,就急着磨刀,想要杀猪杀羊给我接风。我打开我房间的门,坐在床上,脱下我的战袍,穿上我以前的衣裳,在窗前整理自己的头发,对着镜子梳妆。等我打扮好,出了门,我的战友们看到我都吓了一跳,都说和我一起打了这么多年仗,竟然不知道我是个女子。这首诗也就接着说:

---

① 策勋:意思是把功勋记在策书上。

爷娘闻女来,出郭①相扶将;
阿姊(zǐ)闻妹来,当户②理红妆;
小弟闻姊来,磨刀霍霍向猪羊。
开我东阁门,坐我西阁床,
脱我战时袍,著我旧时裳。
当窗理云鬓,对镜贴花黄。
出门看火伴,火伴皆惊忙:
同行十二年,不知木兰是女郎。

木兰

隔壁李二婶儿

哈哈哈哈哈哈,也对啊,自己的同伴竟然是个女子,谁能想到呢?也就是你婶儿能猜到吧。

对啊,还是这首诗最后两句说得对:

雄兔脚扑朔,雌兔眼迷离;
双兔傍地走,安能辨我是雄雌?

提着兔子耳朵悬在半空中时,雄兔两只前脚时时动弹、雌兔两只眼睛时常眯着,所以容易分辨哪只是雄兔,哪只是雌兔。当雄雌两只兔子一起并排奔跑时,怎么能分清哪个是雄兔,哪个是雌兔呢?

木兰

---

① 郭:城。
② 户:门。

隔壁李二婶儿

是这个理儿!好啦,你才回来,累够呛啊,等你休息好了,你可得喊你婶儿呀,婶儿给你介绍对象,大高个儿,高鼻梁,简直帅呆……

婶儿,你可拉倒吧。

木 兰

好景配好歌

当初皇帝发下诏书，我不得不替父亲参军出战，虽然很辛苦，也很想家，但是我也在外面看到了不少平时看不到的景色，高天广漠，飞鸟奔马，真是令人惊叹！有一次，我们要转移营地，我就跟着大部队向西边走，走到阴山脚下敕勒川的时候，将士们都走不动了，于是便驻营休息。我精力还算充沛，就出了营帐，想要看看周围的景色，一看之下，真是太美了！旁边有个敕勒人，一见我这样喜欢敕勒川，便高兴得不行，说还有一处地方，比这里还美，非带我去看。我一想：反正也没什么事，不如就去看看。于是我就跟着他去了附近的另一片草原。转过一个小山丘，就到了那片草原，这真是我见过的最美的景色！我正要感慨几句，我身边的敕勒人突然唱起了他们的民歌：

特别推荐

敕勒歌

敕勒川，阴山下。
天似穹庐①，笼盖四野。
天苍苍②，野茫茫。
风吹草低见③牛羊。

绵绵无边的草原一直延续到天际，无遮无拦，高远辽阔。天空就像是敕勒人住的帐篷的顶一样，盖住了四周，恢宏壮阔。天空苍阔辽远，原野碧绿无垠，我站在这里，感觉天地是那样的大，自己变得非常渺小，微不足道。正在这时，一阵轻风掠过，吹得野草倒伏下去，显出被草丛遮住的牛羊，白色的羊群在碧绿的草原上，就像一朵朵白云一样，洁净无瑕。

我看着这么美的画面，听着敕勒人的民歌，真实地感受到我这个时代民歌境界开阔、音调雄壮的特点。这和北方的景色有很大关系，北方没有南方那样繁密多彩的植被，也没有曲折而湿润的水网，人们看到的都是广阔无边的景色，自然也就心胸开阔，形成了豪迈粗犷的性格，唱出来的歌也都有着质朴雄壮的风格。

---

① 穹庐：用毡布搭成的帐篷，即蒙古包。
② 苍苍：青色。苍就是青。天苍苍就是说天蓝蓝的。
③ 见：通"现"。

军中奇女子

花木兰替父从军,她是中国古代有名的奇女子,在中国历史上,和她一样,在军队中立下奇功的女子还有不少,她们个个骁勇善战,令人钦佩。

西晋时期,有个女子叫荀灌,她父亲荀嵩是平南将军。在她十三岁的时候,她父亲带领着军队,驻扎在南阳,被当时一个谋反的将领杜曾围住,困在城里出不去。眼看着粮食就要吃完了,军队没有吃的,城里的百姓也

文苑杂谈

饿得不行，南阳城马上就要被攻破了。正在危急的时候，荀灌站出来，主动要求出城去找救兵，她父亲想来想去，实在没有办法，就答应了。荀灌带着十几个士兵，半夜的时候，从城墙上顺着绳子爬下来，企图跑出去，却不小心被敌人发现。敌人马上就要追上来了，荀灌一边跑一边鼓励跟着她的士兵，一边还要跟拦路的敌人作战，跑了好远，一直跑到附近的鲁阳山里，才摆脱了追兵。荀灌一看敌人走了，就赶紧去找南中郎将周访，周访派兵去救援，最后打败了叛军。这么小就这么厉害，要是放到现在，估计都能当特种兵了吧！

明朝末年，有个著名的女将军，叫秦良玉。她厉害到什么程度呢？中国古代女子的地位没有男子那么高，因此，史书里面的英雄一般都是男性，只有在《列女传》一篇里，会把当时有名的女子都写在其中，而且也不会详细地写，只是简略地提几句。而秦良玉打破了这个惯例，因为她实在是太厉害了，四处征战，立下了很大的功劳，所以史书就单独给她写了一章，让她和其他有名的男子一样，有一个独立的传记，她也是唯一一个有这种特殊待遇的女子。秦良玉从小跟着父亲学习武艺，她曾经带着三千精兵北上，去镇守山海关，被皇帝任命为总兵官[1]，并赐

---

[1] 总兵官：负责统筹军队行动的将领。

了她一块"忠义可嘉"的牌匾。后来,她还奉皇帝的命令去抵抗敌军,一连收复了三座城池,被皇帝加封为镇东将军①。因为她生前立下的功劳,她去世以后,后人给了她"忠贞"的谥号,对她极尽褒扬。中国近代著名文学家郭沫若还专门写文章夸秦良玉,说:"像她这样不怕死不爱钱的一位女将,在历史上毕竟是很少的。"

---

① 镇东将军:古代重要的军事职官名称,负责征伐背叛、镇戍四方。

七嘴八舌

秦良玉：木兰，你好厉害呀！什么时候我去找你玩，咱姐妹俩去打猎！

皇帝：木兰大将军征讨有功，重重有赏！说吧，你是想升官还是想发财？

木兰父母：木兰啊，我的儿啊，你可算回来了！你再不回来，你爹娘都要想死你了！

扫码看精彩视频

知识补丁

[1]412年—502年：木兰的故事流传广远，一千多年以来有口皆碑，但对于她的姓氏、出生年代、故乡，仍然传说纷纭，莫衷一是。

木兰生平不详。有学者考证，其生于412年，死于502年，享年90岁。一说生于412年，在从军12年后返乡，因不愿做魏主之妃，自杀。

木兰的姓氏，有人说姓魏，明代的徐渭在《四声猿》中说她姓花，名木兰，父亲花弧（一说朱文禄）是一个后备役军官，大姐花木莲，幼弟花雄，母亲姓袁，一家五口。这是至今仍为大家所接受的一种说法。

木兰的故乡，北魏宋州，在今河南商丘。木兰祠始建于唐代，原祠毁于1943年一场战火，近年重修，尚有元代、清代祠碑保存完好。2007年，中国民间文艺家协会命名虞城县为"中国木兰之乡"，并同意虞城县挂牌成立"中国木兰文化研究中心"。但也有人说木兰家住延安城南万花乡花塬头村，为花姓，北魏人。死后葬于村旁山上，称"花家陵"。1984年，在延安万花山修复了木兰陵园。

刘义庆

魏晋娱乐杂志主编

403 年—444 年，字季伯

称　号：南郡公、临川王
籍　贯：京口（今江苏镇江）
代表作：《世说新语》
　　　　《幽明录》

牛人时间轴

刘义庆这辈子

403年 0岁　12月，东晋权臣桓玄篡帝位。刘义庆出生。刘义庆的父亲刘道怜，一共有六个儿子，刘义庆是老二。

412年 9岁　刘道怜的弟弟刘道规，没有儿子，刘道怜就把自己的二儿子刘义庆过继给了他①。

415年 12岁　刘义庆受到宋武帝刘裕的赏识，刘裕经常夸奖刘义庆："这可是我们家的丰城宝剑②啊！"

---

① 据《宋书》卷六《范泰传》："初，司徒道规无子，养太祖，及薨，以兄道怜第二子义庆为嗣。"
② 丰城宝剑：传说江西丰城地下藏着龙泉、太阿宝剑，后来常用"丰城宝剑"比喻优秀的人才。

牛人时间轴

420年 17岁
东晋灭亡。宋武帝刘裕即位。刘义庆袭封临川王。因为才能突出，又被命为辅国长史①。

429年 26岁
刘义庆担任秘书监②一职的时候，掌管国家藏书。刘义庆性格简素，没有什么不良嗜好，唯独喜欢文学，趁此机会博览群书。

431年 28岁
天象幽暗不明，刘义庆担心会有灾祸，于是请求到外地做官。

439年 36岁
刘义庆利用他临川王的特殊身份，广泛招揽文学之士，比如鲍照、何长瑜、陆展等人，给他们官做，在一起讨论文学。

---

① 辅国长史：是军队里的一种职务。长史，属于幕僚性质的官员。辅国长史，就是辅国将军府的秘书长。
② 秘书监：是由封建社会中央政府设置的，专掌国家藏书与编校工作的机构和官名。

牛人时间轴

444年 41岁

在广陵（江苏扬州）时，不幸患病。这时，正好有白虹贯日①，有野獐跑到府中。刘义庆认为这是不祥的预兆，心里很恐惧，请求返京，最终在京城病故。

---

① 白虹贯日：白色的长虹穿日而过，是一种大气光学现象，古人认为这是发生异常事情的预兆。

一部奇书的来龙去脉

初中生小明

刘叔叔,今天见到您,我有一肚子的话想跟您说。从四年级开始,我就被我妈强迫学文言文,学的就是你写的那本《世说新语》。老师也说,这是一本特别好的文言文入门读物。我被迫每天翻译一篇,笔杆都被我咬碎好几支了!您可把我给坑坏了呀。您自己说说吧,您为啥要写这样一本书?

刘义庆

哈哈,我组织文人们编写这本《世说新语》,可不是为了坑你们这些小朋友的,而是想记录一下我们那个时候名士们的奇闻轶事。你们现在不也爱看明星的花边新闻吗?《世说新语》这本书啊,其实就是我们那个时候的明星杂志。不过我们不像你们,只追娱乐明星和体育明星,无论是在哪个方面突出的人,都可能入选我的书,比如品德特别好的,特别擅长言谈的,长得特别帅的,文采特别好的,等等。

超级访谈

初中生小明：哦哦，是这样呀，那听起来您这本书应该还挺有趣的。我是光翻译了，天天沉浸在那些实词、虚词、古今异义里，没发现这书哪儿有意思，您能给我讲一段吗？

刘义庆：好，那就选一段给你简单说说。比如在《世说新语》的"任诞篇"中有一段关于刘伶的故事：

刘伶恒①纵酒放达，或脱衣裸形在屋中，人见讥②之。伶曰："我以天地为栋宇，屋室为裈③（kūn）衣，诸君何为入我裈中！"

你看看这位刘伶，经常不加节制地喝酒，任性放纵，有时在家里赤身露体，有人看见后就去责备他。刘伶说："我把天地当作我的房子，把屋子当成我的衣裤，诸位为什么跑进我裤子里来啦！"

---

① 恒：一直。
② 讥：讽刺，讥笑。
③ 裈：裤子。

别人的目光一点也影响不到他,他反倒与那些讥讽他的人轻松地开起了玩笑。

那个时代有好多怪人,我在"俭啬篇"里还写过王戎卖李的故事:

王戎有好(hǎo)李,卖之恐人得其种,恒^①钻其核。

王戎家有许多优良的李子,他卖的时候,怕别人把优良种子拿去了,所以在卖李子前,把所有李子的核都钻个洞。李子的核都给钻坏了,李子还能留住吗?估计早就烂掉了。吝啬到不计后果,也真是醉了。

刘义庆

初中生小明

刘伶的回答真是绝了!王戎的李子都砸在自己手里了吧,哈哈!原来这本书里的内容这么有意思啊。我还想知道,您为什么要写这本书呢?

写书这件事的缘起,说来话长。开始编纂这本书是我在江州做刺史的时候。那时,我招揽了不少文人,比如鲍照、陆展等知名人士,这些

刘义庆

---

① 恒:总是。

超级访谈

刘义庆

人的文采辞章，好得让人羡慕，他们时常跟我讨论有关文学的话题，自然免不了要说起魏晋时候那些有趣的人和事。除此以外，还有一件事让我决心编纂这样一本书。元嘉十七年（440年）我被贬官去做南兖州刺史，前来接替我做江州刺史的人是被贬官的刘义康。我们在江州见面后，对各自的处境都很失落。由此，我又想到了魏晋时期那些名士的精气神，我郁闷的心情能够在他们的故事中得到化解与超脱。你瞧，他们一个个多有趣呀，帅帅的潘安、裴楷，喜欢喝酒的阮籍、刘伶，真是可爱极了。

初中生小明

原来是这样呀，听您这么一说，我才知道，《世说新语》竟然是这样一部有趣的书，我得赶紧去背诵一篇。

特别推荐

我们不一样

说起《世说新语》的创作初衷啊，说长也长，说短也短，简单来说就是要向世人喊出我们魏晋南北朝的时代最强音——我们不一样。你可能会问我们为什么要不一样，好好吃饭好好睡觉不挺好的吗，难不成你们还要上天啊。这就得好好给你聊聊我们那个时代了。

我生活在一个大分裂的时代，这个时候并没有一个统一的王朝，而是多个国家并存，互相之间并立对抗。今天你揍我一顿，明天我打你一通。到我出生的时候，这种分裂的状况已经持续了将近二百年。不仅外患不断，在朝廷内部，皇帝和大官也一直猜疑大家是否忠心，冤假错案频繁出现。

面对这样一个朝不保夕、政治黑暗的时代，我们并无力改变，能做的就只是调整调整自我。朝不保夕是吧，那我就及时行乐，趁活着该喝喝，该吃吃。生离死别是吧，那就看破别离，淡定应对。官场黑暗是吧，我不跟他们玩了还不行，退隐山林，喝酒聊天，有点时间还可以熏熏香，擦擦粉，所以魏晋名士里还有一大堆涂脂抹粉的帅哥。正是这样的背景造就了我们的不一样，塑造了我们响当当的名片——魏晋风度。

特别推荐

咱先来说说这个时代的帅哥们吧。比如潘安,因为他长得很美,驾车走在街上,连老妇人都为之着迷,把水果往潘安的车里丢,将车都塞满了。还有个大帅哥卫玠,因为长得太帅,活活被看死了。卫玠相貌出众,一出门就被围观,粉丝围追堵截不让他走。但卫玠体弱多病,又特别容易害羞,一被围观就体力不支,再加上心理压力大,不久就病死了,这就是当时人们所说的"看杀卫玠"。

这些有关美貌的故事,就这样流传开来,每次提起这些小故事,都让人忍俊不禁。比如在"容止篇"中写了这样一段故事:

> 骠骑王武子是卫玠之舅,俊爽有风姿。见玠,辄叹曰:"珠玉在侧,觉我形秽①!"

王武子本来长得很帅,没想到卫玠更帅,站在卫玠面前,王武子竟然觉得自己形貌肮脏、丑陋。书里面写到的美男子实在太多,在这里就不一一介绍了。

当然魏晋除了帅哥,淡定哥也是不少啊。

那个时代,有些特别淡定的人,他们实在受不了混

---

① 秽(huì):肮脏,污秽。

乱、动荡的社会环境，就去追寻内心的宁静，心如止水。先看看淡定哥一号——夏侯玄。"雅量篇"中就写过一个"雷霆不动"的故事：

> 夏侯太初①尝倚柱作书，时大雨，霹雳破所倚柱，衣服焦然，神色无变，书亦如故。宾客左右皆跌（diē）荡不得住。

---

① 夏侯太初：夏侯玄（209年—254年），字太初，沛国谯（今安徽亳州）人。三国时期曹魏玄学家、文学家。

特别推荐

你看看夏侯太初，这才叫真正的淡定。他正靠着柱子读书写字呢，当时下着大雨，雷电击坏了他靠着的柱子，衣服都烧焦了，他却神色不变，照样读书写字。宾客和随从都跌跌撞撞，站立不稳。

再看看淡定哥二号——管宁。"德行篇"中曾经写过一个"管宁割席"的故事：

> 管宁、华歆共①园中锄菜。见地有片金，管挥锄与瓦石不异，华捉而掷去②之。又尝③同席读书，有乘轩冕④过门者，宁读书如故⑤，歆废书出观。宁割席分坐，曰："子非吾友也。"

管宁和华歆同在园中锄草。看见地上有一片金，管宁依旧挥动着锄头，像看到瓦片石头一样没有区别，华歆高兴地拾起金片，然而看到管宁的神色后又把它扔了。曾经，他们坐在同一张席子上读书，有个穿着礼服的人坐着有围棚的车刚好从门前经过，管宁还像原来一样读书，华歆却放下书出去观看。管宁就割断席子和华歆分

---

① 共：一起。
② 去：离开。
③ 尝：曾经。
④ 轩冕（xuān miǎn）：轩，高大的马车。冕，皇帝、诸侯的礼帽。
⑤ 故：原来。

开坐,说:"你不是我的朋友了。"

管宁多淡定,看到金钱富贵都不为所动,甚至还因为好友华歆动心了就跟他绝交。所作所为,真是和普通人不一样呀!

现在大家对我们魏晋时代的人物有些了解了吧,如果你想认识更多与众不同的人物,看到更多精彩好玩的故事,快去看我写的《世说新语》吧!

文苑杂谈

酒的故事

《世说新语》里有太多关于酒的故事了,似乎只要是名士,总爱喝点酒,不喝酒那都不好意思啦。鲁迅曾经在他的一篇文章《魏晋风度及文章与药及酒之关系》中详细地讲过酒在那个时代的重要意义。其实何止是魏晋时代,在整个中国历史中,酒都是一个重要符号。

酒在中国历史文化的长河中扮演了重要角色,在这个漫长的过程中,有关酒的故事实在太多了。

关于杜康造酒,就流传着很多传奇的故事。杜康是汉朝人,那时候,打了粮食,都堆积在场院里。下了雨,粮食长时间在水里浸泡,等发酵以后,从里面流出的汁液香气扑鼻,杜康亲口尝了尝,觉得口感很好,但味道还不醇正。就日思夜想,琢磨着怎样才能造出人间佳酿。

一天夜里,杜康梦见一位须发皆白的老人飘然而至,就忙上前施礼,问这位老仙翁的来历。老仙翁说,我是天上掌管造酒的,知道你日思夜想,要造人间佳酿,我特意来帮你。除了用好的粮食和水外,还要把人的性情裹进去,这样才能酿出好酒。

杜康忙问,怎样才能把人的性情放到酒里。老仙翁说,明天傍晚酉时,你去村口路边那棵歪脖树下,会有

文苑杂谈

三个人等你，你去向他们各要三滴血，然后放进酒中，就大功告成了。

杜康醒来，反复琢磨昨天夜里的梦。好不容易等到了傍晚，跑去村口那棵歪脖树下，果然看到有个穿青褂，扎公子巾的书生。杜康上前，跟书生说明来由，读书人被杜康的热情感动，很慷慨，咬破手指，给了杜康一滴血。过了一会儿，路上一位武将骑马走了过来，杜康同样跟这位武将说明来由，又顺利得到了这位武将的一滴血。

> 酉时的文人之血、武将之血、乞丐之血。

之后，杜康又等了很久，第三个人还没有出现。眼看酉时快要过了，杜康突然看到歪脖树下正躺着一个乞丐，杜康觉得可能就是他了，于是赶紧过去恳求乞丐，又得到了第三滴血。

这就是传说中酒的来历，"氵"就是那三滴血，"酉"就是酉时。这与喝酒过程中人的状态有关系，酒桌上一开始都文明寒暄，像文人一样。酒过三巡以后，大脑和嘴就不听使唤了，吵吵嚷嚷，变作武官的蛮横。酩酊大醉以后，言语不清，邋里邋遢，最后变成了乞丐的模样。

酒之所以能缠裹上文化的气息，是因为很多文人名士都喜欢喝酒，比如田园诗人陶渊明"葛巾漉酒"，刘伶"嗜酒如命"，李白"斗酒百篇"，曹雪芹"酒渴如狂"……上下五千年，有这样一群文人在，与酒发生了这样多精彩的故事，文与酒捆绑在一起，也就流淌成了这段波澜壮阔的文化史。

七嘴八舌

刘 伶

　　古往今来爱喝酒的人不少，可因为喝酒而出名的却不多。感谢刘义庆把我喝酒的事迹传播出去，让我名扬天下！

　　舅舅呀，您跟我比什么不好，非要跟我比谁长得帅，您这不是自讨苦吃吗！

卫 玠

娱乐记者

　　要论挖掘明星花边新闻的能力，我们还要向前辈刘义庆学习！

扫码看精彩视频

干　宝

我相信世上真的有鬼

？—351 年，字令升

称　号：鬼之董狐[1]
籍　贯：新蔡（今河南省新蔡县）
代表作：《搜神记》
　　　　《周易注》
　　　　《百志诗》

牛人时间轴

干宝这辈子

283年 0岁
干宝的父亲干莹,曾在吴国做丹阳丞,晋灭吴后,干莹带领全家返回新蔡。干宝约生于本年。

307年 24岁
干宝在晋做官,为盐官州(今属浙江海宁)别驾①。

310年 27岁
父亲干莹约于本年卒于盐官,干宝回乡为父亲守孝。

315年 32岁
干宝参与镇压杜弢(tāo)起义,杜弢战败。

---

① 别驾:州府中总管事务的官。

牛人时间轴

317年 34岁 由王导推荐，干宝开始负责国史的撰写。因为家境贫寒，他请求出任山阴（今浙江绍兴）县令，后来改任始安（今广西桂林）太守①。

326年 43岁 母亲桓氏约在这一年去世，葬于灵泉里西南隅。干宝辞去纂修国史职务，为母守孝。

344年 61岁 干宝约于本年辞官，归乡养老。

346年 63岁 《搜神记》约在本年之后成书。

351年 68岁 干宝去世。

---

① 太守：对郡守的尊称，是一郡的最高长官。

超级访谈

《搜神记》可不是瞎编的

蒲松龄

前辈,久仰久仰!您是写鬼神故事的祖师爷,请受晚辈一拜!

原来是聊斋先生啊,你的《聊斋志异》写得很不错嘛!

干 宝

蒲松龄

见笑见笑,我的才能比不上您,就是和您一样喜欢写点鬼神的故事①。我写《聊斋志异》啊,是因为在现实生活中过得非常不如意,考了几十年,连个小举人都没捞着,你说我倒霉不倒霉?现实太悲摧,我只好来写故事。虽然表面上我写的是鬼神的故事,但实际上反映的都是人间的事,比如科举考试的不公平、官员欺负老百姓、坏人终究会得到惩罚,等等。您当时为什么会写《搜神记》呢?按理说您做官儿做得不错,不至于像我这样怨天怨地呀。

---

① 蒲松龄曾在"聊斋自志"中说"才非干宝,雅爱搜神"。

238

干宝

我为啥要写《搜神记》？我还真没你想的那么多，我认为，世上真的有鬼，而且我还见过鬼呢！

蒲松龄

什么？您见过鬼？您快说来听听。

干宝

记得我小时候，父亲非常宠爱一个婢女，我母亲非常不喜欢她，我父亲去世的时候，母亲就让这个婢女去陪葬了。过了十几年，我的母亲也去世了，我和哥哥挖开父亲的坟墓，想将母亲与父亲合葬。令我没想到的事情发生了，当年那个被推进坟墓陪葬的婢女，趴在棺木上，样子就好像活着的时候一样。我就把这个婢女带回家，过几天这个婢女苏醒了过来，对我说，她跟父亲在阴间相处，如同父亲在世的时候一样。

蒲松龄

唉，这确实是一个很有意思的事儿，好素材，好素材呀！我要把这个故事写进我的《聊斋志异》里，再添一些油、加一点醋，比如这姑娘的外貌、神态、动作啥的，放心放心，我一定会写得特别精彩！

超级访谈

打住!这是一件很严肃的事情好不好,谁让你随便添油加醋的?我跟你可不一样,我写《搜神记》可不是胡编乱造,而是有根据地记录事实。我是真的相信这世上有鬼。

干 宝

蒲松龄

前辈……您……好吧,您脸上的表情是认真的。《搜神记》里写的故事,都是真事儿?都是您自己亲身经历的?

怎么可能都是亲身经历的,史学家记录历史,也不都是亲身经历过的呀。其实我的主业是写历史,《晋纪》这本历史书听说过吗,就是我写的。在我看来,写《搜神记》和写《晋纪》差不多,都是需要严肃考证的。我在《搜神记》里记录的事儿,都是有依据的。

干 宝

蒲松龄

这下我完全懂了,咱俩写的东西,虽然在题材内容上差不多,但出发点完全不一样啊!

对,你说的没错。

干 宝

特别推荐

卖鬼？多少钱一斤？

很多人一提起鬼啊，都怕得要命。那有没有人不怕鬼呢？还真有。在《搜神记》中就记载了这样一则故事：《宋定伯捉鬼》。

> 南阳宋定伯年少时，夜行逢鬼。问曰："谁？"鬼言："鬼也。"鬼问："汝复谁？"定伯诳①之，言："我亦鬼。"鬼问："欲至何所？"答曰："欲至宛市。"鬼言："我亦欲至宛市。"遂行数里。

南阳地方有个叫宋定伯的年轻人，有一天夜里走路遇见了鬼，问道："谁？"鬼说："我是鬼。"鬼问道："你又是谁？"宋定伯欺骗他说："我也是鬼。"鬼问道："你要到什么地方去？"宋定伯回答说："要到宛市。"鬼说："我也要到宛市。"他们一同走了几里路。

---

① 诳（kuáng）：欺骗。

特别推荐

> 鬼言:"步行太亟①,可共递相担也。"定伯曰:"大善。"鬼便先担定伯数里。鬼言:"卿太重,将非鬼也?"定伯言:"我新鬼,故身重耳。"定伯因复担鬼,鬼略无重。如是再三。

鬼说:"步行太劳累,我们可以轮流背着对方走。"宋定伯说:"好主意!"鬼就先背宋定伯走了几里路。鬼说:"你太重了,恐怕不是鬼吧?"宋定伯说:"我是新鬼啊,所以身体比较重。"轮到宋定伯背鬼,这个鬼几乎没有重量。他们像这样轮着背了好几次。

> 定伯复言:"我新鬼,不知有何所畏忌?"鬼答言:"惟不喜人唾。"于是共行。道遇水,定伯令鬼先渡,听之,了然无声音。定伯自渡,漕漼②作声。鬼复言:"何以作声?"定伯曰:"新鬼,不习渡水故耳,勿怪吾也。"

宋定伯又说:"我是新鬼,不知道鬼害怕什么?"鬼回答说:"只是不喜欢人的唾沫。"于是二人接着一起走,

---

① 亟(jí):疲劳。
② 漕漼(cáo cuǐ):涉水的声音。

又遇到了一条河,宋定伯让鬼先过河,没听到一点声音。宋定伯自己过河,水哗啦啦地发出声响。鬼又说:"为什么有声音?"宋定伯说:"我是新鬼啊,还不太熟悉如何渡水啊,不要见怪。"

> 行欲至宛市,定伯便担鬼著肩上,急持之。鬼大呼,声咋(zé)咋然,索下,不复听之。径至宛市中。下著地,化为一羊,便卖之。恐其变化,唾之。得钱千五百,乃去。于时石崇言:"定伯卖鬼,得钱千五百文。"

特别推荐

　　快走到宛市时，宋定伯便把鬼背在肩上，紧紧地抓住它。鬼大声惊叫，恳求放他下来，宋定伯不再听他的话。宋定伯把鬼一直背到宛市中，才将鬼放在地上，鬼变成了一只羊。宋定伯担心它再有变化，就朝鬼身上吐唾沫。于是鬼就只能保持羊的样子，宋定伯卖掉这只羊，得到了一千五百文钱，离开了宛县的集市。当时石崇①说过这样的话："宋定伯卖鬼，得到了一千五百文钱。"

　　不得不说，宋定伯真是胆子大啊，他不仅不怕鬼，最后还把鬼给卖了。

---

① 石崇：西晋时期文学家、官员、富豪。

历史上的那些神怪小说

说起志怪小说,其实,在干宝之前,很多古书中就已经有志怪的影子了。最早可以追溯到战国时代,比如《山海经》这部书,里面除了有关中国古代历史、地理、文化、中外交通、民俗等记录,也涉及神话、志怪等内容,比如书里有叫山魈(xiāo)的独脚鬼怪、人面马身的英招、人面豹身的诸犍(jiān),真是无奇不有。

到了两汉,出现了以《列仙传》《神仙记》等书为代表的志怪小说,由于这些书的内容多荒诞无稽,人们大都不太相信。比如《列仙传》中记载了远古时候很多神仙的故事,其中写到有一位叫赤斧的人,他善于利用水银炼制丹砂,与硝石一起服用,三十年以后便返老还童,头发长出来都是红色的。后来他去了华山,吃当年大禹留下来的粮食,并在苍梧、湘江之间售卖。历代相传都见过这个人,他

卖粮食喽,吃完能长寿的粮食!

手里拿着一把红色的斧头。

到了六朝时期,志怪类的书逐渐增多,这与当时复杂的社会背景有很大关系。玄学、清谈让读书人的猎奇心得到释放,才滋生出这么多记录神怪的书,比如张华的《博物志》、干宝的《搜神记》等。《博物志》里面记载了各式各样的异兽。据说汉武帝时,北胡人献上一种异兽,像狗那样大,它的叫声很大,鸡、狗听到都被吓跑了。汉武帝见了,嫌这个异兽太小,就想让虎狼吃掉它,而这只异兽却戏弄起老虎来。

到了唐代,又出现了《博异志》《传奇》《枕中记》《酉阳杂俎》等书。比如段成式的《酉阳杂俎》,里面充斥着神仙鬼怪,内容涉及天文、地理、秘闻,真是包罗万象。欧洲经典的童话故事《灰姑娘》,也有中国的版本。在《酉阳杂俎》中记载了这样一则故事:叶限是一位很聪明的小姑娘,很小的时候妈妈就去世了,父亲很喜欢她。爸爸去世以后,继母经常虐待她,并且还杀死了她用心饲养的一条鱼。一位从天而降的神人指点叶限,让她把鱼骨藏在屋子里,需要什么就祈求鱼骨,什么要求都会得到满足,小姑娘果然得到了很多金银珠宝。叶限瞒着继母,穿着金鞋子去参加一个节日活动,不想被继母发现,匆忙之下,丢了一只金鞋。这只鞋被附近海岛上的陀国主捡到,终于找到了叶限,把叶限和鱼骨带

了回去,并将叶限封为第一夫人。这位国王起了贪心,向鱼骨求得了很多金银珠宝。后来再祈求鱼骨,就什么也得不到了。

宋元时期,《太平广记》《稽神录》等书,也讲述了不少鬼狐神怪的故事,宋代文人的精致,让这个时期的志怪小说变得绚丽多姿,那些神怪故事,大都绘声绘色,引人入胜。到了明清时候,像《西游记》《聊斋志异》这样的小说出来,志怪小说发展到了顶峰,无论是人物塑造,还是情节构拟、写作技巧都已非常成熟,在志怪小说史上挥写出一幅波澜壮阔的画卷。

宰相王导
　　我只知道干宝是个修编史书的高手，没想到鬼故事他也讲得这么精彩！

　　讨厌的宋定伯，你哪是什么"新鬼"？我这么信任你，你居然敢骗我！等我再变成鬼，一定不会放过你！

鬼

格林兄弟
　　《灰姑娘》是我们兄弟最喜欢的童话之一，没想到遥远的中国也有类似的故事。

扫码看精彩视频

知识补丁

[1] 鬼之董狐：董狐，春秋时期晋国的史官，宁死也要坚持公正客观记录历史，他秉笔直书的精神流传后世。而干宝用史书的笔法来讲述鬼神的故事，因此他被称为"鬼之董狐"。

图书在版编目（CIP）数据

乐死人的文学史·魏晋篇/窦昕主编.—北京：
石油工业出版社，2019.3
ISBN 978-7-5183-2627-3

Ⅰ.①乐… Ⅱ.①窦… Ⅲ.①中国文学—古代文学史
—魏晋南北朝时代 Ⅳ.①I209

中国版本图书馆CIP数据核字（2018）第102978号

乐死人的文学史·魏晋篇
窦昕 主编

出版发行：石油工业出版社
（北京安定门外安华里2区1号楼 100011）
网　　址：www.petropub.com
编辑部：（010）64523616　64252031
图书营销中心：（010）64523731　64523633
经　　销：全国新华书店
印　　刷：北京瑞达方舟印务有限公司

2019年3月第1版 2019年3月第1次印刷
710×1000毫米　开本：1/16　印张：16.25
字数：150千字

定价：38.00元
（如出现印装质量问题，我社图书营销中心负责调换）
版权所有，翻印必究

"点亮大语文文库"系列图书

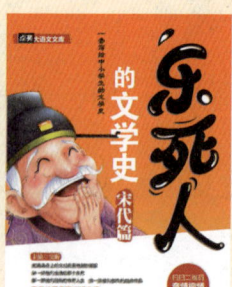

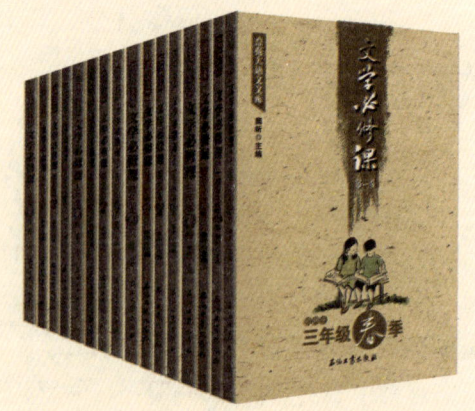

  这是一套写给中小学生的文学史,一套文学必修课本,一套真正的大语文读本。

  语文,包括语言和文字、文学、文化等方面,学校大都把教学的侧重点放在语言的习得上,而本书侧重语文中"文"的属性,以时间为序,以人物为纲,采用"知人论世"的方法,通过讲解与人物相关的时代背景、作者生平,为孩子们呈现文学背后鲜活的文人故事,进而帮助孩子们理解文学作品的内涵。

  书中还辅以文学创作的新派技巧,帮助孩子们写出富有文采、别开生面的美文。

  书中内容丰富生动,希望这套书能让孩子爱上语文,做有修养的人。